Über dieses Buch

Zwischen den japanischen Hauptinseln und Taiwan liegt eine mehr als tausend Kilometer lange Inselkette, die zu Japan gehört: Okinawa. Die Märchen dieser paradiesischen Inselwelt erscheinen in diesem Band erstmals außerhalb Japans.

Lassen Sie sich in die Welt der erotischen Märchen aus dem japanischen Inselreich entführen. Kraftvolle Bilder, alte Überlieferungen, schamanische Traditionen prägen diese Sammlung von Yogatari, der »Erzählungen am Abend«, die Rotraud Saeki auf und von den Inseln Okinawas gesammelt hat.

Über die Herausgeberin

Rotraud Saeki, Jahrgang 1947, stammt aus Deutschland und lebt seit über 30 Jahren in Japan. Dort ist die studierte Germanistin als Deutschlehrerin an Fachschulen, Dolmetscherin und Übersetzerin tätig. Daneben beschäftigt sie sich intensiv mit japanischen Märchen, insbesondere mit den Überlieferungen der Inselgruppe Okinawa. Sie lebt in Hiroshima.

Erotische Märchen aus Japan

Herausgegeben und übersetzt von
Rotraud Saeki

KÖNIGSFURT-URANIA

Sonderausgabe des Titels »Erotische Märchen aus Japan«
von Rotraud Saeki, 2007.

Bibliographische Information der Deutschen Nationalbibliothek
Die Deutsche Nationalbibliothek verzeichnet diese Publikation in der
Deutschen Nationalbibliographie; detaillierte bibliographische Daten
sind im Internet über http://dnb.ddb.de abrufbar.

Sonderausgabe
2012 Krummwisch bei Kiel

© 2012 by Königsfurt-Urania Verlag GmbH
D-24796 Krummwisch
www.koenigsfurt-urania.com

Umschlaggestaltung: Jessica Quistorff, Rendsburg,
unter Verwendung eines japanischen Farbholzschnitts
von Kitagawa Utamaro
Lektorat: Simon Rahdes
Redaktion: Martina Kloth
Satz: Noch und Noch, Menden
Druck und Bindung: CPI Moravia
Printed in EU

ISBN 978-3-86826-041-0

INHALT

Einführung	9
Wie Festland und Inseln entstanden sind	14
Wie oft im Jahr?	15
Der Felsen der ehelichen Eintracht	19
Der Mann ohne Nase und die Frau ohne Haar	21
Der Reisbrei	24
Ehen werden im Himmel gemacht	26
Reisevorbereitungen	28
Wie das Stirnband in Gebrauch gekommen ist	29
Die Brautnacht	32
Ein dolles Ding	35
Der Schildkrötenkopf	36
Wie die *hoto* an ihren jetzigen Platz kam	37
Als der *marafuru* noch an der Stirn saß	40
Vaters Missverständnis	41
Wie das Echo entstanden ist	44
Blätter zerreißen	50
Das Erinnerungsstück	52
Der törichte Bräutigam	56
Reinlichkeit ist wichtig	58
Wer hat recht?	61
Die Geschichte der edlen Migagama	63
Das Geheimnis der Prinzessin	67
Wespenstiche	71
Alles muss erst gelernt werden	73
Liebe über den Tod hinaus	75
Ein Krug mit Gold	76
Der Schaum sei mein Zeuge	79
Die Geliebte und die rechte Frau	83

Ein Blick, tausend *ryô* 87
Wie ein *aji* seine Frau aus dem Totenreich
    zurückholte 90
Von den Göttern beschützt 96
Schicksal 99
Haare zählen 102
Schicksal eines Jägersmannes 106
Ein totes Mädchen nimmt sich einen Mann 110
Die Insel Kôri-jima 114
Die auferstandene Braut 115
Bräutigamswahl 119
Die dankbaren Moskitos 121
Mit Salz die Gunst des Kaisers gewinnen 124
Der Köhler im Glück 127
Das Mandarinenten-Pärchen 130
Ich liebe dich! 135
Der böse, alte Wolf 136
Die Jungfrauenquelle 139
Die Liebe von Utodaru und Ufuyaku 144
Das Bild, das sich veränderte 147
Was, die haben das gewusst? 149
Keine Angst mehr vor Gespenstern 151
Der Edelmann Marapainu und sein Problem 154
Der Hundebräutigam 157
Prüfungsaufgaben für Eheanwärter 160
Das Kalb als Braut 163
Das Gespenst und das Hohlmaß 168
Die zurückgeholte Seele 171
Die Frau auf dem Bild 175
Die Rochenfrau 181
Das noch feuchte Fischernetz 187

Quellenverzeichnis 190

沖縄の夜語り

Einführung

Umspült von Pazifik und ostchinesischem Meer liegt zwischen Japan und Taiwan eine ungefähr 1300 km lange Inselkette. Man nennt sie die Nansei-Inseln. 150 Inseln davon, die im südlichen Teil der Kette nämlich, bilden den Ryûkyû-Archipel, die Präfektur Okinawa. Okinawa gehört verwaltungsmäßig zu Japan, es ist der südlichste Ausläufer des Reiches, wer aber nach Okinawa reist und sich für einige Zeit dort aufhält, merkt recht bald, dass hier eigentlich gar nicht Japan ist. Dieser Eindruck ist richtig, denn Okinawa war unter dem Namen Ryûkyû lange ein selbstständiges Königreich.

Die heutige Präfektur ist rund 2245 km² groß, von ihren 150 Inseln sind 42 bewohnt, die Hauptstadt ist Naha auf der größten davon, und das Ländchen weist etwas mehr als eine Million Einwohner auf.

Die Ryûkyû-Inseln sind sehr früh von Menschen besiedelt worden, es gibt davon zeugende Funde, die mehr als 20 000 Jahre alt sind. Etwa im 10. Jahrhundert n. Chr. begann dann die so genannte Burgenzeit. Lokale Häuptlinge, *aji, anji* oder auch *azi* genannt, unterwarfen sich kleinere Gebiete und bauten starke Burgen, die *gusuku*. Ende November 2000 hat die lang erhoffte Nachricht Okinawa erreicht, dass die Ruinen der bedeutendsten dieser *gusuku* als Weltkulturerbe anerkannt worden sind. Eine ²Zusammenlegung dieser kleinen Herrschaften führte für kurze Zeit zu einem geeinten Land, im 14. Jahrhundert jedoch spaltete sich das Reich in drei Teilreiche, das Nord-, Mittel-, und Südreich. Ihre Fürsten werden in chinesischen Chroniken als Könige bezeichnet.

Die kleinen Teilreiche trieben Handel mit China, und unter König Satto vom Mittelreich begann Ryûkyû seinen Aufstieg als Seefahrernation. 1429 vereinigte der König des Mittelreiches, Hashi von der 1. Shô-Dynastie, das Reich, im Jahre 1470 folgte die 2. Shô-Dynastie, und das kleine Reich erlebte Ende des 15. und Anfang des 16. Jahrhunderts eine Blütezeit. Es trieb Handel mit Südostasien, seine Schiffe fuhren nach Siam, Java, Malakka, um nur einige Ziele zu nennen, und auch nach China, Japan und Korea. Schon König Satto hatte Missionen mit Tributen an den chinesischen Hof geschickt, diese Tributschiffe brachten modernste Erzeugnisse des Riesenreiches mit auf die heimischen Inseln, und selbstverständlich auch chinesische Kultur und Zivilisation. Diese chinesischen Einflüsse und auch die der anderen Handelspartner wurden in Ryûkyû aufgenommen, verarbeitet, und es entwickelte sich eine eigenständige Kultur. Das Land war lose ein Vasallenstaat von China, es sendete Tribute, und bei jedem Thronwechsel der Shô-Könige schickte China einen Botschafter, der den neuen Monarchen im Namen des chinesischen Kaisers offiziell anerkannte.

Im Jahre 1609 fiel das Fürstentum Satsuma vom südlichen Teil der japanischen Insel Kyûshû in Ryûkyû ein und stellte das Königreich unter seine Oberherrschaft. Die Steuern für die Bewohner wurden drückend, und die Bevölkerung litt sehr. 1879 dann setzte Japan den letzten König von Ryûkyû, Shô Tai, ab und gliederte das kleine Land als Präfektur Okinawa ins japanische Reich ein.

Im Zweiten Weltkrieg wurden die Inseln furchtbar verwüstet. Es fanden schreckliche Schlachten zwischen den japanischen und amerikanischen Armeen statt, und man rechnet, dass dabei ein Drittel der Lokalbevölkerung umgekommen ist. 1945–1972 ist Okinawa amerikanisch verwaltet worden, dann hat man es an Japan zurückgegeben. Geblieben sind aber die amerikanischen Stützpunkte, sie machen fast 75% aller Stützpunkte der Amerikaner auf japanischem Boden aus, und sie sind der Bevölkerung von Okinawa bis auf den heutigen Tag ein Dorn im Auge.

Okinawas Klima ist subtropisch, seine Inseln erstrecken sich vom 24. bis 27. Breitengrad. Industrie gibt es bis jetzt noch wenig, man lebt von der Fischerei und der Landwirtschaft, hauptsächlich Anbau von Zuckerrohr, Südfrüchten, und in neuerer Zeit auch von Tabak. Wichtige Einkünfte bringt der Tourismus, das unwahrscheinlich tiefblaue Meer zieht viele Besucher an. Die Einwohner gehören derselben Volksgruppe wie die Japaner an, und die Sprache ist ein Zweig des Japanischen. Sie hat sich jedoch soweit selbstständig entwickelt, dass der Ryûkyû-Dialekt für Japaner unverständlich ist.

Als Religion hat Okinawa an einem eigenen Glauben festgehalten. Es gibt zwar Buddhismus und japanischen Shintoismus, der zeitweise versucht hat, die lokale Religion zu überdecken, und in neuerer Zeit bekennen sich viele Menschen auch zum Christentum.

Der einheimische Glaube jedoch ist allgegenwärtig, und er lässt sich am einfachsten mit Schamanismus erklären. Die belebte und unbelebte Natur hat unendlich viele Gottheiten, die gefeiert und angebetet werden müssen. Ihr Zorn muss besänftigt, ihr Wille ausgeführt werden, und auch um Hilfe muss man sie bitten oder ihnen danken. Diesen Dienst tun an heiligen Stätten Priesterinnen, meist werden diese *noro* genannt. Die Oberpriesterin zur Zeit des Ryûkyû-Reiches war die Schwester des Königs, manchmal auch seine Frau oder seine Mutter.

Es gibt viele heilige Stätten in Okinawa, die einem Besucher gar nicht als Stelle, an der Götter wohnen, auffallen. Eine Höhle, ein Hain, ein Felsen, ein kleiner Sandhügel können heilige Stätten sein, aber selbstverständlich auch ein richtig gebauter Tempel. Man nennt sie meist *utaki*. Dieser Ausdruck kann sich jedoch lokal ändern, je nach Inseldialekt. Die Gottheiten wohnen überall, und die Priesterinnen, die weisen Frauen, können sie sehen und hören.

Die subtropische Natur und der Glaube an die vielen Gottheiten, auch die Abgeschlossenheit des Inseldlebens haben viele Märchen und Sagen genährt. Ihr Erzählen und Hören war eines der wenigen Vergnügen, das die Menschen hatten. Die Natur sieht reich und üppig aus, das Leben der Bewohner von Ryûkyû war aber alles anders als leicht und bequem. Schwere Steuern drückten die Menschen. Es war ein Jahreszins zu zahlen, Männer führten ihn in Getreide ab, Frauen in Stoffen. Steuerpflichtig war man von 15 bis 50 Jahren. Darüber hinaus waren über 40 Landesprodukte mit Steuern belegt, und Frondienste für den Oberherrn waren an der Tagesordnung. Es gibt alte Erzählungen, denen zufolge die Menschen an dieser Bürde verzweifelt seien und sich als geschlossene Dorfgemeinschaft heimlich eingeschifft haben sollen, um sich in einem anderen Land ein besseres Los zu suchen.

Die Natur selber wird den Menschen furchtbar, es gibt starke Taifune und Flutwellen nach Seebeben, sogenannte *tsunami*, die die Inseln verwüsten. Hunger war allgegenwärtig. Man spricht von der »Sagopalmenhölle«. Bei Hungersnöten, die häufig aufgetreten sind, war man gezwungen, das Mark dieser Palmen zu verzehren. Bevor man es essen kann, müssen die Bitterstoffe herausgewaschen werden. Erfolgt das nicht ausreichend genug, bleibt das Mark ungenießbar und der Verzehr führt zu Vergiftungen. Also verhungert oder vergiftet …

Die Menschen haben aber trotz all der Plagen ihre Fröhlichkeit bewahrt, und auch heute noch sind die Bewohner von Okinawa ein sehr freundlicher und friedfertiger Menschenschlag. Sie feiern gerne mit ihren großen Familien und mit ihren Freunden, und wenn sie feiern, wird auch *awamori*, der lokale Reisschnaps, gereicht. Und sind dann alle davon ausgelassen geworden, findet sich sicherlich jemand, der ein sogenanntes *yogatari* zum Besten gibt.

Man kann *yogatari* mit »Erzählung am Abend« übersetzen. Es sind erotische Erzählungen, Geschichten von Liebe, Schicksal, Rache, ehelicher Treue, manchmal sind es Schwänke. Und ab und zu sind es auch sehr derbe Erzählungen. Sie sind früher gerne in den Spinnstuben erzählt worden, wenn sich abends die jungen Leute getroffen haben. Sie laufen immer noch unter der Bevölkerung um, und als man vor etwa dreißig Jahren ernstlich damit anfing, die Märchen und Sagen von Ryûkyû aufzuzeichnen, sind sie in diese Gattung aufgenommen worden. Sie muten ja auch märchen- oder sagenhaft an, mit Göttern, weisen Frauen, Berichten von Geistern und der Welt der Verstorbenen. Schlaue Bauern handeln, Ehebrecher(innen) werden bestraft, und immer wieder tritt das Wichtigste für die Menschen, die Fortpflanzung und ihre Werkzeuge dazu, in den Vordergrund. Märchen für Kinder sind es bestimmt nicht, es sind »Gutenachtgeschichten für Erwachsene.«

Aufgezeichnet als *yogatari* und dann als Buch publiziert sind sie wenig, die beiden Bände *Yogatari* bei Kataribe Shuppan und *Okinawa no enshôtan* bei Naha Shuppansha befassen sich speziell mit diesem Thema. Und es soll manchmal recht schwer gewesen sein, die Erzähler zum Erzählen zu bringen. Namentlich genannt werden wollten sie meist nicht!

Wie Festland und Inseln entstanden sind

(ten to chi no majiwari)

Vor langer, langer, vor unendlich langer Zeit war es, damals, als die Götter Länder und Inseln schufen. Himmel und Erde waren in inniger Freundschaft verbunden, und sie begatteten sich eifrig. Der Himmel war *mara,* das männliche Teil, und die Erde *hoto,* das weibliche. Sie feierten eine endlose Hochzeit. Auf einmal aber zerriss mit wehem Laut die *hoto,* dickes Blut brach hervor und bedeckte nach und nach die ganze Erdoberfläche. Das Stöhnen der Erde drang hinauf zum Himmel, der wurde besorgt und schickte erfrischendes Wasser hinunter. Die Erde kühlte allmählich ab, das Wasser verlief sich, und Länder und Inseln traten hervor. Das erquickende Wasser war im Überfluss vorhanden, und daraus entstanden Meere und Seen. Aus der Vermählung von Himmel und Erde also sind das Festland und die Inseln entstanden, so erzählt man.

Wie oft im Jahr?

(nen ni nankai?)

Es geschah vor vielen, vielen Jahren, damals, als sich die Welt noch nicht ganz verfestigt hatte, und der Himmelsherr gerade dabei war, die Inseln nach und nach zu erschaffen.

Zu dieser Zeit setzte er als Verwalter auf der Insel Miyako einen Mann und eine Frau ein. Dieses Urpaar war kindlich einfältig und hatte von der Arbeit der Fortpflanzung überhaupt keine Ahnung. Jeden Tag spielte es unschuldig miteinander und spazierte auf der Insel herum. Jedoch schon nach kurzer Zeit fiel den beiden auf, dass ihre Körper verschieden waren, und von diesem Zeitpunkt an bedeckten sie ihre Blöße mit einem Kubablatt.

Eines Tages gingen sie zum Strand, um sich zu vergnügen, und dort sahen sie, wie ein Delphinenpaar eben gerade bei der Begattung war. Nun verstanden sie, was es mit der Zeugung auf sich hat, und sie liebkosten sich zum allerersten Male. Das war der Anfang der Fortpflanzung bei den Menschen. Durch die Lehre der Tiere hatten sie einige Kenntnis erhalten, aber wie oft im Jahr man dieses Spiel zu treiben hatte, wussten sie noch nicht.

Eines Tages meinte der Mann: »Ich möchte wirklich erfahren, wie oft wir das tun sollen«, sprachs und machte sich auf den Weg zum Himmel. Unterwegs traf er das Pferd.

»Du, Pferd!«, rief er.

»Ja, was willst du?« kam gleich die Antwort.

»Sag mal, weißt du, wie man sich den weiblichen Wesen nähert?«

»Weiß ich, weiß ich!«

»Ich auch, bin im Bilde, aber wie oft man sich begatten soll, davon habe ich keine Ahnung. Du vielleicht?«

»Nein, ich auch nicht, überhaupt nicht.«

»Aha, da geht es dir genauso wie mir, Pferd. Ich bin eben unterwegs, um den Himmelsgott über diese Angelegenheit zu befragen.«

»Ich ebenso, gut, dass wir uns getroffen haben.«

So redete das Pferd, und Mensch und Tier eilten weiter auf ihrem Weg zum Himmel.

Nach einer Weile trafen sie auf ein Rind, das langsam dahintrottete. Der Mann rief:

»He, du Rind!«

Dieses drehte sich um und antwortete:

»Ja, was willst du?«

»Wohin gehst du denn?«

»Ich bin eben auf dem Weg zum Himmelsgott.«

»Stell dir vor, das sind wir auch. Wir haben folgende Frage: Wie man mit der Weiblichkeit umgeht, das wissen wir, jedoch, wie oft man das machen soll, das wissen wir nicht. Und nun wollen wir uns erkundigen.«

Das Rindvieh sagte: »Ich habe genau dasselbe Anliegen.«

»Gut, dass wir uns getroffen haben«, und Mann und Pferd und Rind gingen ihren Weg zusammen weiter. Nach einer gewissen Zeit kamen sie endlich zur Wohnstätte des Himmelsgottes.

»Geh zuerst du hinein und frage«, trug der Mann dem Pferd auf.

»Mach ich!« Frohgemut trat das Ross hinein ins Zimmer zu dem Gott. Nach wenigen Augenblicken kam es wieder zum Vorschein und machte ein recht saures Gesicht.

»Was ist los, was hast du denn?«

»Also, ich soll es zweimal pro Jahr machen.«

»Gut, dann frag ich jetzt«, sagte das Rind und ging hoffnungsvoll hinein zum Gott.

Es dauerte aber gar nicht lange, da hörte man, wie das Rind und der Gott sich drinnen mit lauter Stimme stritten. Mensch und Pferd blickten sich an und rückten näher hin zur Tür. Innen brüllte es:

»Warum darf das Pferd zweimal und ich nur einmal? Das ist ganz ungerecht!«

»Du hast einen größeren Körper als das Pferd, für dich ist einmal genug!«

Der Gott wollte sich nicht umstimmen lassen. Mensch und Pferd rückten noch näher, so nahe, bis sie ins Zimmer schauen konnten. Dort war man in der Zwischenzeit handgreiflich geworden, und das Rind jagte mit drohend gesenkten Hörnern den Gott herum. Das Pferd, das bis zu diesem Augenblick einigermaßen betreten dastand, verfiel urplötzlich in einen Wutanfall und stürmte rasend auf den Gott zu:

»Ich bin mit zweimal im Jahr überhaupt nicht zufrieden, mach das mehr!« wütete es und trat mit den Hinterbeinen nach dem Himmlischen.

Der schrie gepeinigt auf:

»Pferd, wenn du mit dem Rind gemeinsame Sache machen willst, dann kannst du das gerne haben. Hiermit bestimme ich: du auch nur einmal pro Jahr!«

Der Mann verfolgte bestürzt die Entwicklung der Dinge:

»Du lieber Himmel, jetzt bin ich von soweit bis hierher gekommen, und ich wage fast nicht zu fragen, aber fragen muss ich doch.«

Er nahm seinen ganzen Mut zusammen und versuchte, mit der Stimme den Lärm zu übertönen:

»Wie oft soll ich wohl im Jahr?«

Der Göttliche war durch das Verhalten von Rind und Pferd vorsichtig geworden, er wollte sich nicht noch mehr Misshandlungen aussetzen und schrie:

»Mach, was du willst!«

Seit dieser Zeit können die Menschen den ehelichen Verkehr nach eigenem Gutdünken ausüben, so oft sie wollen und wo immer sie wollen. Pferd und Rind hingegen sind auf ein einziges Mal im Jahr beschränkt.

Ob die Anordnung des Gottes wohl wirklich weise gewesen ist??

Anmerkung:
Kubablatt: Der Kubabaum, eigentlich *birô* = Livistona chinenesis, eine Palmenart.

Der Felsen der ehelichen Eintracht

(fûfu o musubi iwa)

Vor vielen, vielen Jahren gingen einmal ein junger Mann und eine junge Frau auf Beschluss der Eltern die Ehe ein. Der Verbindung aber war kein Erfolg beschieden, die Alten hatten sich falsche Hoffnungen gemacht. Das junge Paar zeigte keinerlei Interesse aneinander, im Gegenteil, es entfremdete sich immer mehr.

Die Eltern setzten sich zum Rat zusammen und zerbrachen sich die Köpfe, wie man wohl die jungen Leute zu gutem Einvernehmen bringen könne. Man beschloss, mit beiden Familien gemeinsam einen Ausflug ans Meer zu machen. Alle bestiegen einen *sabani* und fuhren hinaus zum Fischen.

Nach einer Weile sagte einer der Väter: »Bleibt ihr zwei jungen Leute ein Weilchen hier und fischt ohne uns weiter. Wir Alten haben etwas zu besprechen, was euch nicht interessiert!« Man lenkte den *sabani* zu einem Felsen im Meer und hieß das Pärchen aussteigen. Dann stieß das Boot ab und fuhr mit schnellen Ruderschlägen Richtung Strand zurück.

Die Jungen sahen, wie das Boot immer kleiner wurde, und sie fingen an zu rufen: »Wartet, so wartet doch! Warum sollen nur wir hierbleiben?« Sie schrien aus Leibeskräften, die Eltern im *sabani* aber nahmen davon keine Notiz und strebten eilig der Küste zu.

Es wurde Abend, und der kalte *nisukaji*, der Nordwind, der so oft Vorbote von schlechtem Wetter ist, fing an zu wehen. Das junge Paar sah ein, dass es verlassen war, und machte sich darauf gefasst, eine ungemütliche Nacht auf dem Felsen zu verbringen. Die Frau hatte sich für den angeblichen Tagesausflug nur leicht bekleidet und zitterte bald vor Kälte.

»Kalt, ach, was ist es mir kalt!« Sie klapperte mit den Zähnen. Ihr Mann konnte nicht anders, er zog seine Jacke aus und hängte sie ihr über die Schultern. Das half erheblich, und sie musste nicht mehr so zittern. Der Gatte rückte näher hin zu seiner Frau und redete beruhigend auf sie ein:

»Es wird schon wieder alles gut, hab keine Angst. Frierst du noch so?«

Zum ersten Mal fiel der Frau auf, wie freundlich und besorgt doch eigentlich ihr Mann war. Sie lehnten sich aneinander und versuchten, gemeinsam die beißende Kälte zu überwinden. Beider Herzen waren angerührt, sie kuschelten sich immer enger zusammen, und endlich kamen sie ganz zusammen!

Sie hatten die ganze Nacht Zeit zum Nachdenken, und aneinandergelehnt kam jeder bei sich selber zu der Erkenntnis, dass er gerne mit diesem Gefährten das ganze Leben teilen wolle. Es dämmerte, und die Sonne stieg aus dem Meer empor. Die Eltern waren selbstverständlich in Sorge und kamen geschwind, um ihre Kinder abzuholen. Sie erreichten den Felsen und fanden ein junges Ehepaar vor, das innig umschlungen noch in tiefem Schlafe lag. Die beiden führten eine gute Ehe, sie wurden mit Kindern gesegnet und lebten glücklich bis an ihr Ende.

Anmerkung:
sabani: Ruderboot der Ryûkyû-Inseln.

Der Mann ohne Nase
und die Frau ohne Haar

(HANA NO NAI OTOKO TO KAMI NO NAI ONNA)

Vor vielen Jahren lebte einmal in einem gewissen Dorf ein Mann, der hatte keine Nase *(hana)*. Im Nachbardorf wiederum hauste eine Frau ohne Haare *(kami)*. Der Mann, dem die so wichtige Nase fehlte, hatte bereits die Fünfziger erreicht, aber um eine Frau zu werben hatte er nie gewagt. Auch die Frau im Nachbardorf, die kein schmückendes Haupthaar ihr Eigen nannte, war unvermählt geblieben. Sie war nicht mehr jung, und eines Nachts hatte sie einen Traum: »Auch für dich lebt der Mann, der dein Gatte sein soll. Das haben die Götter beschlossen. Mach dir einen Mundvorrat zurecht und geh ihn suchen. Wenn du ihn gefunden hast, werde seine Frau und du wirst ganz bestimmt glücklich leben!«

Die Frau erwachte und überlegte: »Es ist zwar nur ein Traum, aber nachschauen schadet nichts.«

Sie machte sich Wegzehrung zurecht und brach auf in Richtung Nachbardorf. Sie ging bis gegen Abend, dann hatte sie die ersten Häuser erreicht. Sie durchquerte den ganzen Ort, und am anderen Ende sah sie, dass in einem einzeln stehenden Haus am Dorfrand die Fenster hell erleuchtet waren. Zu diesem Haus schritt sie hin und pochte an die Tür. Der Bewohner machte auf, und es war der Mann ohne Nase! Freundlich nötigte er sie, einzutreten. Sie erzählte von ihrem Traum und wie sie bis hierher gewandert war.

Der Mann sagte: »Stell dir vor, ich habe ein ganz ähnliches Traumgesicht gehabt. Mir träumte, eine stattliche

Frau käme zu mir und wolle meine Braut werden. Mir wurde auch befohlen, eine Festmahlzeit herzurichten und auf den Besuch zu warten. Ich habe der Vision keinen Glauben geschenkt und keinerlei Leckerbissen vorbereitet. Nun ist aber alles in Erfüllung gegangen, so unfassbar mir das immer noch scheinen will. Der Himmel hat beschlossen, dass wir zwei glücklich werden sollen!«

Beide freuten sich sehr, der Mann ohne Nase und die Frau ohne Haar wurden ein Ehepaar, sie lebten in Zufriedenheit, und es ging ihnen nicht schlecht.

Nach einigen Jahren aber bekamen sie einmal, wie es ja auch bei sehr guten Ehepaaren vorkommen soll, einen gewaltigen Ehekrach. Der Mann war jähzornig und schrie bissig: »Scheidung, ich will die Scheidung! Verlass das Haus, ab heute sind wir geschiedene Leute. Marsch, geh mir sofort aus den Augen!«

Die Frau dachte, dass keine Versöhnung möglich sein werde, sie sammelte ihre Habseligkeiten, band sie zu einem Bündel und schickte sich zum Weggehen an. Sie musste aber daran denken, wie sie die ganze lange Zeit gut zusammen mit ihrem Mann gelebt hatte, und sie wurde traurig. Sie sprach: »Ich gehe gleich, aber vorher möchte ich doch noch etwas sagen. Das musst du mir schon erlauben:

Am Berg hinterm Haus gibt es viele Bäume, die blühen wunderschön. Wenn sie keine Blüten *(hana)* hätten, käme kein Mensch, um sich diese Bäume anzuschauen. Nur weil sie ihren Schmuck tragen, kommen Menschen her, um sie zu bewundern. Keine Blumen *(hana)*, keine Besucher!«

Nach diesen Worten nahm die Frau ihre Habseligkeiten auf und wollte das Haus verlassen. Der Mann aber meinte, auch er müsse zum Abschied unbedingt etwas Passendes sagen, und er hielt sie an: »Warte!« Er suchte nach einer geeigneten Antwort, aber es wollte ihm auf die Schnelle nichts einfallen. Er dachte krampfhaft nach und ließ seine Frau eine ziemliche Zeit warten. Endlich hatte er einen passenden Ausspruch gefunden:

»Hier und dort in der Umgebung gibt es viele alte *utaki*. Nur wenn ein Gott *(kami)* darin wohnt, kommt jemand, um dort seine Andacht zu verrichten. Kein Gott *(kami)*, keine Beter.« Die Frau bedachte sich kurz, dann sagte sie: »In der Tat, mir fehlt das schmückende Haar *(kami)*. Wenn ich dich jetzt wirklich verlasse, wird mich niemand mehr heiraten.« Und es tat ihr sehr leid, dass sie sich mit ihrem Mann gezankt hatte.

Der Gatte war auch ruhiger geworden und meinte: »Ich besitze keine Nase *(hana)*, sollte ich meine Frau aus dem Haus jagen, werde ich mein ganzes zukünftiges Leben allein verbringen müssen! Das ist doch ein Unding! Komm, vertragen wir uns wieder.« Mann und Frau schlossen Frieden und wurden wie zuvor ein liebevolles Ehepaar. Froh und glücklich lebten sie die ihnen zugemessene Zeit. So erzählt man.

Anmerkung:
utaki: Bezeichnung für Schreine in Okinawa.

Diese Erzählung beinhaltet Wortspiele mit *hana* und *kami*. Je nach chinesischem Schriftzeichen kann *hana* »Nase« oder »Blume« bedeuten. Auch bei *kami* kommt es auf die Schreibweise an. *Kami* kann übersetzt »Haar« oder »Gott« heißen.

Der Reisbrei

(KIIN NO OSHIE)

Vor vielen Jahren lebte einmal ein reicher Mann. Der hatte die Angewohnheit, zu heiraten, und wenn seine Frau ein Kind geboren hatte, schickt er sie weg und nahm sich eine neue Braut. Das wiederholte er einige Male, und er hatte schon vier oder fünf Frauen geehelicht und sich von ihnen getrennt.

Er hatte sich wieder einmal verheiratet, und bald trug die neue Frau ein Kindlein unter dem Herzen. Sie grämte sich und dachte: »Wenn das Kind auf der Welt ist, wird er auch mich nicht mehr brauchen.« Und sie sann darüber nach, wie sie das Schicksal ihrer Vorgängerinnen vermeiden könne.

Sie ging hinüber zu ihrer alten Nachbarin und bat sie um Rat. Die Alte hatte schon viel gesehen und wusste auch hier Hilfe. Sie meinte freundlich: »Mach dir keine Sorgen. Das ist nicht gut für dein Ungeborenes. Du musst kurz vor der Geburt einen Brei aus *kiin* zubereiten. Und wenn das Kindlein auf die Welt gekommen ist, lasse mich sogleich rufen.« Die junge Frau fasste Mut und ging einigermaßen getröstet in ihr Heim zurück.

Die Zeit verging, und das Kind erblickte das Licht der Welt. Wie die Alte geraten, hatte die Frau einen Brei aus *kiin* gekocht, und nun ließ sie die weise Nachbarin rufen. Sie sagte zu ihr: »Hier, Mutter, das haben wir vorbereitet, bitte iss davon«, und sie ließ die Speise auftragen. Die Alte nahm ein wenig Brei zwischen die Essstäbchen, murmelte eine Zauberformel, dann bat sie die Götter: »Ihr Himmlischen, schenkt diesem Neugeborenen ein gutes und frohes Leben!«

Nach ihrem Gebet wendete sie sich an den frischgebackenen Vater: »Ihr habt daran gedacht, einen Kiinbrei zuzubereiten. Das ist wirklich ein glückliches Omen. Dieser Kiinbrei ist sehr klebrig, er haftet im Topf und in der Essschale, und er klebt den Mund zusammen. Der Brei zieht sicherlich auch die *hoto* von dieser Frau wieder zusammen.«

Der so belehrte Hausherr schaute verwundert das eben geborene Kind an: So ein großes Kind, das musste doch durch seine Geburt bei seiner Frau für immer ein großes Loch hinterlassen haben. Und nun war sie für eheliche Vergnügungen nicht mehr zu gebrauchen, stellte er sich vor.

Der einfältige Ehemann nahm Kiinbrei zwischen die Essstäbchen, und er war erstaunt, wie sehr die pappige Speise das Essgerät zusammenklebte, dann sagte er zaghaft: »Wird meine Frau wirklich wieder wie sie anfangs war?« »Ja, ja«, sagte die alte Nachbarin, »es kommt schon alles in Ordnung, mach dir darüber weiter keine Sorge!«

Erst seit diesem Vorfall wusste der Mann etwas mehr Bescheid über den weiblichen Körper, und er hielt sein ganzes Leben lang seine Frau wert und in Ehren.

Anmerkung:
kiin: Eine Art von Hochlandreis.

Ehen werden im Himmel gemacht

(enmusubi no akai ito)

Früher, ganz früher, haben alte Leute erzählt, dass das Schicksal von zukünftigen Ehepaaren in einem Beutel aus Hanfgarn eingeschlossen sei. Die Seelen der zukünftigen Gatten kamen in dieses Säckchen, und oben wurde mit einer Schnur fest zugebunden.

Ein junger Mann war einmal bei der Feldarbeit, und als er müde war, machte er unter einem Baum eine Rast. Er sinnierte vor sich hin: »Jetzt bin ich endlich erwachsen geworden und kann bald eine Braut heimführen. Ob es wohl ein Mädchen ist, wie ich es mir immer geträumt habe?« Er hing seinen Gedanken nach. In diesen Augenblicken saß gerade der Gott, der die Ehen stiftet, auf eben diesem Baum, er hatte die Grübelei des Jünglings wohl verstanden, und er sagte hinunter zu ihm:

»Dort kommt ja die dir bestimmte Braut, das kleine Mädchen da drüben, das wird einmal deine Frau werden.«

»Wie kann ein so kleines Kind meine Braut werden?« Der Angeredete war sehr erstaunt.

»Deine Meinung hat hier kein Gewicht, dieses Kind ist deine zukünftige Gattin. Siehst du, hier habe ich eure beiden Seelen beisammen.«

Der Gott, der Ehen stiftet, zeigte dem jungen Mann ein Säckchen mit den zwei Seelen darin. Der Bursche musste sich damit zufrieden geben.

Mehre Jahre vergingen, das kleine Mädchen wurde zur Jungfrau, und so, wie es beschlossen war, kamen die beiden zusammen und feierten ihre Hochzeit.

Die Alten wissen noch von einer anderen schicksalhaften Fügung zu erzählen, die ein Ehepaar betraf.

Ein Mann war eines Tages im Reisfeld bei der Arbeit. Ein junges Mädchen, das Heuschrecken nachjagte, stieg ins bebaute Land hinunter und zertrat einige Pflanzen. Der Mann wurde zornig und bedrohte den Störenfried mit der Sichel. Er wollte das Mädchen nur erschrecken, aber er hatte soviel Schwung im Arm, dass er es tief in den Oberschenkel schnitt.

Nach einigen Jahren nahm er sich eine Frau, und diese Frau hatte am Oberschenkel eine lange Narbe.

»Wie bist du denn zu dieser schweren Verletzung gekommen?« fragte er.

Seine Frau gab ihm Auskunft: »Du musst wissen, vor ein paar Jahren habe ich in einem Reisfeld Heuschrecken gesammelt. Und damals hat mich ein Mann mit seiner Sichel geschnitten und aus dem Feld verjagt.«

»Ach, du warst das also?« schrie der Mann auf, dann verstummte er voll Reue. Sein ganzes Leben lang schämte er sich für seinen Jähzorn und tat seiner Frau Abbitte. So erzählt man.

Anmerkung:
Heuschrecke: inago, eine Delikatesse im Herbst.

Reisevorbereitungen

(niwatori mo Hawaii e)

Sicherlich gibt es auch in der jetzigen Zeit von ähnlichen Vorfällen zu berichten. Menschen ändern sich schließlich nicht besonders. Man kann dazu nur sagen: Nie übertreiben!

Vor vielen Jahren einmal ging ein junges Ehepaar am helllichten Tag seinen ehelichen Vergnügungen nach. Mann und Frau waren ganz mit sich selber beschäftigt und hatten total ihre Umwelt vergessen. Auf einmal kam ihr kleiner Sohn ins Schlafzimmer. Das Kind fragte erstaunt und etwas verschreckt: »Mama, Papa, was macht ihr denn?« Der Vater war sehr um eine Antwort verlegen. Weil der Junge aber ohne eine Erklärung nicht hinausgehen wollte, sagte der Mann, um ihn zu beruhigen, in aller Hast: »Das sind Reisevorbereitungen für die Fahrt nach Hawaii!«

Am nächsten Morgen ging das Kind hinaus in den Hof, um zu spielen. Da sah es, wie der Haushahn eine seiner vielen Frauen beglückte. Der Bub rannte verwundert zurück in die Stube und rief: »Papa, Papa, wollen denn unsere Hühner auch nach Hawaii reisen?«

Anmerkung:
Anfang des 20. Jahrhunderts sind viele Bewohner von Okinawa, um der drückenden Armut auf ihren Inseln zu entgehen, ausgewandert. Hawaii war ein bevorzugtes Ziel.

Wie das Stirnband in Gebrauch gekommen ist

(HITOMANE O SURU TO HITAI NI TSUNO GA HAERU)

Vor langer Zeit lebten einmal zwei Jünglinge, die gingen eines Tages zusammen zum Fischen. Unterwegs kamen sie am Anwesen des Landesherrn vorbei. Vor dem Eingangstor hatte man ein Schild aufgerichtet, und darauf stand geschrieben: »Wer mit zwei männlichen Teilen ausgestattet ist, möge sich bitte vorstellen. Den wollen wir zum Schwiegersohn nehmen.«
»Mit zwei männlichen Werkzeugen, so was gibt es doch gar nicht!« Die Burschen lachten und gingen weiter zum Meer.

Ein paar Tage später begab sich einer der beiden alleine zum Strand, hockte sich nieder und hängte seine Angelleine ins Wasser. Er döste in der heißen Sonne vor sich hin, plötzlich sah er, wie draußen vom Meer her etwas angeschwommen kam, und er wurde hellwach. Das Ding versank in den Wellen, tauchte wieder auf und kam immer näher. Der junge Mann war neugierig und wollte zu gerne wissen, um was für einen Gegenstand es sich handele. Mit Hilfe seiner Angelrute zog er es zu sich heran. Er schöpfte es aus dem Wasser, und nun musste er aber staunen: Das war ja ein Exemplar der so ungeheuer wichtigen männlichen Teile! »Unglaubliche Sachen gibt es! Wem das wohl gehören mag? So was schmeißt man doch nicht einfach weg.« Er wollte nicht glauben, was er doch mit eigenen Augen sah.

Aus Spaß hielt er den Fund neben seine angeborene Männlichkeit und verglich die beiden. Da wuchs das Ding einfach neben dem seinen fest und ließ sich nicht mehr entfernen.

»Du liebe Zeit, was mach ich jetzt, ich hab mir ja was Schönes eingebrockt!« jammerte er und zerrte verzweifelt an dem Zuwachs. Es war aber nichts mehr zu wollen, der saß fest und wurde durch die rohe Behandlung nur rot und tat weh. Der Bursche gab auf, er bedeckte die ganze Geschichte, für die das Lendentuch nicht ausreichte, mit beiden Händen und ging auf menschenleeren Pfaden eilig nach Hause.

Daheim überdachte er seine verzwickte Lage und haderte mit dem Schicksal. Als er sich aber ein wenig beruhigt hatte, fiel ihm das Schild ein, das er vor ein paar Tagen beim Anwesen des Landesherrn gesehen hatte. »Was habe ich gelacht über die Vorstellung, dass jemand zwei männliche Teile haben könne, jetzt aber …« Er entschloss sich, sein Glück zu versuchen, traf seine Vorbereitungen und begab sich zum Schloss. Ohne Zeremonien ließ man ihn vor den Herrn, und er erzählte seinem König, warum er gekommen war. Der *ushû* freute sich: »Bin ich froh, ach Gott, was bin ich froh! Du musst wissen, meine einzige Tochter ist mit zwei weiblichen Teilen ausgestattet. Der Gott, der dir noch ein Werkzeug hat zukommen lassen, muss wollen, dass ich dich mit der Prinzessin vermähle. Was bin ich erleichtert, unbeschreiblich erleichtert!«

So sprach der König, man feierte eine prächtige Hochzeit, und der junge Mann wurde der Schwiegersohn des Landesherrn.

Das Glück des Burschen verbreitete sich in Windeseile. Auch sein Freund hörte davon, und er wollte es ihm nachmachen. Er ging hinunter ans Meer und hängte seine Angelleine ins Wasser. »Du Gott, schenk mir doch auch noch ein männliches Gerät!« betete er eindringlich. Es dauerte gar nicht lange, und vom Meer her kam etwas angeschwommen. Es versank im Wasser, tauchte wieder auf und trieb immer näher. Der Bursche führte einen Freudentanz auf, als er sah, dass sein Gebet in Erfüllung gegangen war. Er holte das so sehr gewünschte Objekt aus dem Wasser und sagte aufgeregt: »Ah, das ist für mich, extra für mich, der Gott will mir auch gut, ach danke, danke, ganz großen Dank!!«

Er legte den kostbaren Fund auf die flachen Handteller, hob sie verehrlich gen Himmel und verbeugte sich tief. Öfter führte er diese Verneigung aus, und durch dieses Auf und Ab blieb das Ding mit einem Male an seiner Stirn kleben. Geschwind wollte er es wegreißen, es war aber nichts zu machen, der Schmuck saß an der Stirn fest. In seiner Verzweiflung wusste er sich nicht anders zu helfen: Er band sein Lendentuch ab, wickelte es um seinen Kopf und verdeckte so den merkwürdigen Auswuchs. Auf Schleichwegen ging er heim. Von diesem Tag an wagte sich der junge Mann kaum mehr ins Freie, und wenn er unbedingt ausgehen musste, legte er immer eine Stirnbinde um.

Seit diesem Begebnis soll es üblich geworden sein, dass Wettkämpfer oder Krieger vor ihren Turnieren eine Stirnbinde anlegen, so, als ob sie ein Horn an ihrem Vorderhaupt zu verbergen hätten. Und man hat auch begonnen zu sagen: »Wer einen anderen nachahmt, dem wird ein Horn auf der Stirn wachsen.«

Anmerkung:
ushû: Auch *ushû ganashi*. Bedeutet König oder Landesherr. Der Titel der Ryûkyû-Könige war *ushû* oder *ushû ganashi*. Der Kaiser von China wurde als *koten ganashi* bezeichnet.
Stirnbinde/Stirnband: Das sogenannte *hachimaki*

Die Brautnacht

(musume no shoya)

Vor vielen Jahren hatte sich bei Kubaka auf der Insel Miyako ein *aji* eine Burg gebaut. Von dort aus gebot er über den südöstlichen Teil des heutigen Ortes Shimoji, der an der Mittagsseite, also im Süden der Insel liegt. Dieser *aji* besaß eine Tochter.

Zur gleichen Zeit hauste in Kawamitsu beim Berg Kisama ein *aji*, der einen Sohn hatte. Auch Kawamitsu ist ein Teil von Shimoji, liegt jedoch an der Westküste der Insel.

Der Feudalherr von Kubaka erzog seine einzige Tochter mit Sorgfalt und achtete darauf, dass sie keinen unpassenden Umgang hatte. Das Mädchen erblühte, und die Eltern beschlossen, dass es die Braut des Jungherrn von Kisama werden solle. Man feierte die Hochzeit, und abends gingen die jungen Leute in die Hochzeitskammer. Zuerst lagen sie friedlich nebeneinander, dann aber entkleidete sich der Bräutigam und wollte sich seiner Braut nähern. Diese erschrak, da sie sich nicht vorstellen konnte, was der junge Mann eigentlich wolle. Sie stieß ihn grob weg und sagte:

»Was fällt dir ein? Ich bin gerade so wie du das Kind eines Edelmannes. Wie kommst du dazu, auf mich zu steigen und mich dir untertan machen zu wollen? Solche Manieren gehören sich nicht!«

Das Mädchen war ernstlich böse und kehrte fliegenden Fußes zurück zu seinen Eltern.

Die Mutter war sehr überrascht, als sie ihre Tochter mitten in der Nacht so aufgelöst im Elternhaus anlangen sah.

»Was hast du denn, Kind, ist etwas passiert?«

»Stell dir vor, Mutter, der Kerl hat sich ausgezogen und wollte sich auf mich legen! Er vergisst, dass er mir als Tochter eines Edelmannes Achtung schuldig ist. So ein Grobian will der Sohn eines *aji* sein!«

Die Braut konnte sich über das Vorgefallene nicht beruhigen.

Die Mutter betrachtete ihr Kind und dachte bei sich: »Wenn's weiter nichts ist, da wird man schon helfen können.«

Sie antwortete: »Höre, das ist alles gar nicht weiter ungewöhnlich. Wenn der junge Mann das nächste Mal zu dir kommt und dich bedrängt, ziehst du dich einfach auch aus. Umschlinge ihn langsam, langsam mit den Beinen und fordere ihn heraus!«

Nach diesen Lehren schickte sie die Tochter zurück in das Haus des Bräutigams.

In der nächsten Nacht verhielt sich der Bräutigam wie in der vorherigen, die Tochter aber beschloss, sich nach den Lehren der Mutter zu richten. Auch sie entkleidete sich und diesmal umschlang sie ihren Mann. Es dauerte gar nicht lange, und die beiden waren im Ehehimmel. Der Bräutigam strengte sich an, und die Braut begann, seine Mühen zu schätzen. Beide probierten das neue Spiel immer wieder, und der Morgen kam für sie viel zu schnell.

Die Brautmutter war in Sorge, und sie kam zu Besuch, um sich zu erkundigen, ob die Tochter die Lehren auch wirklich richtig verstanden habe. Sie ließ ihr Kind rufen und fragte:

»Nun, wie ist es gegangen? Hast du es so gemacht, wie ich dir gesagt hatte?«

»Ja, ja, genauso!«

»Und, wie war es?«

Die Tochter senkte verschämt den Blick und antwortete: »Ach Mutter, schön war es, sehr schön sogar!«

Anmerkung:
aji: Ein Edelmann, Feudalherr.

Ein dolles Ding

(subarashii mochimono)

Vor vielen Jahren heirateten einmal ein junger Mann und eine junge Frau. In der Hochzeitsnacht, nach Vollziehung der Ehe, sagte der Bräutigam lobend:

»Also das muss ich doch sagen, es ist ein außerordentlich gutes Werkzeug, dein Ding da. Ich bin sehr zufrieden, ausgezeichnet!«

Da antwortete die Braut: »So ist es, das hat bis jetzt noch jeder gesagt!«

Als der Mann das hören musste, bekam er einen riesengroßen Zorn und jagte die begabte Frau sogleich aus dem Haus. So erzählt man.

Der Schildkrötenkopf

(KAME NO KUBI)

Vor vielen Jahren lebte in einem Dorf ein reicher Mann, der ließ seine rechtmäßige Gattin und seine Nebenfrau im selben Anwesen wohnen. Die beiden Frauen eiferten ohne Unterlass um die Aufmerksamkeit des gemeinsamen Ehemannes, und der Zank wollte nie ein Ende finden. Eines Tages hatte der Gatte im Wald eine Schildkröte gefangen, und er schnitt ihr den Kopf ab. Diesen Kopf versteckte er in seinem Lendentuch, anschließend rief er die Rivalinnen zu sich.

»Ich kann nicht begreifen, dass ihr um *dieses Ding* immer so ein Theater machen müsst. Beenden wir den Streit, hier und jetzt!« Mit diesen Worten fasste er mit einer Hand in sein Lendentuch und zerrte etwas heraus. Mit der anderen Hand hob er ein Messer hoch und ließ es auf diesen Gegenstand niedersausen. Dann warf er den beiden Zänkerinnen den blutigen Schildkrötenkopf vor die Füße.

Die rechtmäßige Gattin schrie erschrocken auf:

»Um Gottes Willen, was tust du dir nur an?« und klammerte sich an ihren Mann.

Die Nebenfrau zeigte ein anderes Verhalten. Auch sie erschrak, aber ihre Worte waren: »Wie kannst du dir nur mein allerliebstes Spielzeug abschneiden?« Sie hob eilig das hingeworfene Ding auf.

Der Mann betrachtete gedankenvoll die beiden Frauen. Er hatte begriffen: Seine rechtmäßige Gefährtin war von Herzen um ihn und sein Wohlergehen besorgt. Von diesem Zeitpunkt an ehrte er sie und gab ihr überall den Vorzug.

Wie die hoto an ihren jetzigen Platz kam

(HOTO NO SÔZÔ)

Vor langer, langer Zeit, als der Himmelsherr unsere Insel erschaffen hatte, rief er auch zwei Menschen ins Leben, einen Mann und eine Frau, und setzte sie zu Verwaltern des neuen Landes ein. Nun unterlief ihm aber bei der Schöpfung der Frau ein arger Fehler, er vergaß nämlich, die *hoto*, das so sehr wichtige weibliche Teil, hinzuzufügen. Mann und Frau konnten keine Hochzeit feiern, und das Menschengeschlecht vermehrte sich nicht. Die Frau wendete sich an den Gott und flehte:
»Ach Herr, gib mir eine *hoto*. Der Mann hat doch auch alles Notwendige, nur ich bin arm dran. Wenn sich das nicht ändert, können wir nie Kinder und Kindeskinder haben!«
»Ja, ja, du hast recht, ich habe da in der Tat etwas ganz Wichtiges vergessen. Pass auf, ich werfe dir das Ding zu!«
Der Gott antwortete also recht freundlich und schleuderte sogleich vom Himmel herab die *hoto* in Richtung der Frau. Diese rannte herbei, streckte beide Hände aus und wollte das so lange Entbehrte auffangen. Die *hoto* aber war noch nicht trocken, sie war eben gerade erschaffen worden, sie glitschte der Frau durch die hochgereckten Hände und blieb an ihrer Stirn kleben. Nun saß das weibliche Organ auf dem Vorderhaupt, und damals war es mehr breit als lang. In kurzer Zeit gab es schon Schwierigkeiten, jedes Mal beim Verrichten eines kleinen

Geschäftes nämlich lief das Wasser in die Augen, sie waren stets feucht und entzündeten sich allmählich in ein hässliches Rot.

Die Sehwerkzeuge empörten sich.

»Wir waren viel früher da als du Frechling. Was fällt dir nur ein, uns immer so einzuweichen? Hau ab, geh weiter nach unten!«

Die *hoto* rutschte widerwillig ein Stückchen weiter und kam zwischen Augen und Nase zu sitzen. Aber auch das forderte bald Protest heraus:

»Pfui, du riechst schlecht, mach, dass du fortkommst!« giftete sich die Nase. Der *hoto* blieb nichts weiter übrig, sie musste wieder umziehen, und diesmal nahm sie ihren Platz zwischen Nase und Mund ein.

Bei den Mahlzeiten benutzt der Mensch den Mund. Die *hoto* sah, wie das Essen dorthin geführt wurde und der Mund mit Genuss kaute. Ohne weiter zu denken, machte sie einfach die Bewegungen der Nahrungspforte nach. Da geschah es, dass die Lebensmittel anstatt, wie es sich gehört, in den Mund, in die *hoto* gesteckt wurden. Sie freute sich und speiste. Das ereignete sich ein paar Mal, und endlich fing der Mund an, sich aufzuregen:

»Verschwinde augenblicklich. Du hast hier gar nichts zu suchen. Wenn du da herumlungerst, verwechselt uns der Mensch und ich kriege kein Essen mehr! Geh weg!«

Gezwungenermaßen floh die *hoto* bis runter auf den Bauch. Und dort winkte der Nabel eifrig mit beiden Händen. Er war sehr glücklich und meinte:

»Bisher war ich immer so einsam, auf dem Bauch ist viel Platz, und außer mir wohnte hier keiner, ab heute aber wird es gesellig.«

Der Nabel hatte leider nicht lange Grund, fröhlich zu sein: Von unten her rief jemand:

»Du, *hoto*‹ in meiner Nähe haust es sich noch viel angenehmer als neben dem Nabel. Komm her zu mir!«

»Bei dem Kerl riecht es gar nicht gut, bleib du nur hier bei mir«, wehrte sich der Nabel.

»Wer ist denn der Bursche?«

»Ah, das ist das Hinterteil.«

Der Nabel hielt die *hoto* fest.

»Bei mir ist der allerbeste Wohnplatz, komm her, komm her«, bedrängte das Hinterteil die *hoto*. Der Streit wurde immer toller, der Nabel wollte die *hoto* nicht loslassen, und auch das Hinterteil zog an ihr aus Leibeskräften.

»Hierher, komm hierher zu mir!«

»Geh nicht zum Hinterteil, bleib bei mir!«

Die Kämpfer zogen und zerrten so lange an der armen *hoto*, bis sich ihre Figur verformte und sie länglich geworden war. Keiner der Kontrahenten wollte aufgeben, und so ist es gekommen, dass die *hoto* ihren Platz zwischen Nabel und Hinterteil hat. Dort ist sie geblieben bis auf den heutigen Tag.

Als der marafuru noch an der Stirn sass

(hitai ni atta marafuru)

Ganz früher, als das Menschengeschlecht noch jung war, hatten die zur Fortpflanzung so wichtigen Werkzeuge ihren Sitz an der Stirn. Jedes Mal, wenn sich Männer und Frauen auf der Straße sahen, konnten sie nicht widerstehen, sie rannten aufeinander zu und begatteten sich. Es machte ja auch weiter keine Umstände. Der Nachteil dabei aber war, dass es immer zu viele Kinder gab. Der Sache musste gesteuert werden, und deshalb beschloss man, *marafuru* beim Mann und *miton* bei der Frau an einen weniger exponierten Platz zu verlegen. Man wählte nun als neue Stätte die Seite am Menschenkörper, unter der Achsel nämlich. Der Gedanke war nicht schlecht, aber so leicht lassen sich die Menschen nicht von einem lieb gewordenen Brauch abhalten. Mit Eifer probierten sie das neue Arrangement aus, sie fielen sich, ebenso häufig wie bisher, in die Arme und spielten das alte Spiel. Und nun wählte man eine radikale Lösung: Man wies den so notwendigen, aber bisher zu leicht zugänglichen Geräten wiederum eine andere Stelle zu, diesmal zwischen den Beinen. Und dort sind sie bis auf den heutigen Tag geblieben.

Vaters Missverständnis

(shôben no ana)

Vor vielen, vielen Jahren lebte einmal in einem Dorf ein *uyashû*, ein Dorfvorsteher, der eine wunderschöne Tochter besaß. Die jungen Männer des Dorfes waren alle in die Schöne vernarrt, und jeder hätte sie gerne als Braut heimgeführt. Auch aus den Nachbardörfern kamen täglich viele Burschen, und vor dem Haus des Mädchens war immerfort ein Auflauf.

Nun verliebte sich ein ganz armer Junge in die Tochter des Vorstehers. Er war in Dürftigkeit geboren und aufgewachsen, aber Liebe kennt keine Standesunterschiede. Er ging zum Vater seiner Angebeteten und sagte ganz schlicht: »Herr, ich habe deine Tochter gern, bitte gib sie mir zur Frau!« Der *uyashû* schaute den Werber verdutzt an, diese Frechheit kam ihm unglaublich vor, dann brüllte er aufgebracht:

»Was fällt dir denn ein? Wer wird denn einem miserablen Kerl wie dir sein einziges Kind zur Frau geben? Glaubst du wirklich, dass meine Tochter an dir auch nur das geringste Interesse haben könnte? Verschwinde von hier, aber augenblicklich!« Und damit warf er den unglückseligen Freier hinaus.

Der Bursche trollte sich, aber es arbeitete in ihm. So schnell wollte er sich nicht abweisen lassen, und er überlegte, wie er wohl mit dem Mädchen ins Gespräch kommen könnte. Er trieb sich eine geraume Weile ganz in der Nähe des reichen Anwesens herum, und er hatte Glück, die Schöne trat auf einmal ins Freie. Es war inzwischen Nacht geworden, der Vollmond stand am Himmel und leuchtete silberhell. Die ganze Umgebung lag in einem weichen Licht. Das Mädchen trat hinunter in den Garten und betrachtete eine Weile den Mond. Dann hob sie langsam den Saum ihres Gewandes, hockte sich nieder und verrichtete ein kleines Geschäft. Der junge Mann, der Zeuge ihrer Heimlichkeit war, vermochte sich nicht zu rühren. Stumm stand er da. Als das Mädchen fertig war, blickte sie noch ein wenig den Mond an, summte eine Melodie vor sich hin und ging ins Haus zurück.

Der Junge ging hin zu der Stelle, an der sie sich niedergehockt hatte, und dort fand er ein kleines Loch ausgewaschen. Er sah die Grube, sein Mannesstolz schwoll ihm an, er legte ihn hinein und war mit dem Erfolg zufrieden.

Das Mädchen aber hatte durch den Türspalt alles mit angesehen.

Der junge Mann kehrte heim, und am nächsten Morgen erzählte er überall herum: »Stellt euch vor, gestern Nacht habe ich die Tochter des *uyashû* besucht und bin ihr ganz nahe gekommen, viel näher als ihr wahrscheinlich glaubt!«

Diese Reden kamen sehr bald dem Vorsteher zu Ohren, er ließ sofort den Prahlhans rufen und stellte ihn zur Rede:

»Hast du wirklich was mit meiner Tochter gehabt?«

»Ja, das kann man schon sagen, wir sind gute Freunde geworden. Ich glaube, es ist besser, wenn du sie mir recht bald zur Frau gibst!« antwortete der mit ernstem Gesicht.

Der *uyashû* befahl nunmehr seine Tochter, sie erschien und sagte entrüstet:

»Bist du nicht der Kerl, der es mit meinem Pissloch getrieben hat?«

Der Vater hörte mit Entsetzen die Worte, er rang nach Luft und stotterte:

»Das ist ja ungeheuerlich, ganz ungeheuerlich, so weit seid ihr also schon, ihr müsst sofort heiraten, da ist nichts anderes zu wollen.« Die Hochzeit wurde umgehend gefeiert, der mittellose Junge heiratete die einzige Tochter des *uyashû* und lebte in Glück und Zufriedenheit. Auch die junge Frau lernte ihren Mann schätzen, und die beiden wurden wirklich ein gutes Ehepaar.

Anmerkung:
uyashû: Auch *kashirayaku* oder *o-shuriyashi* genannt. Ein Bezirksvorsteher in der Zeit des Ryûkyû-Königreiches.

Wie das Echo entstanden ist

(YAMABIKO NO HAJIMARI)

Das ist eine ganz alte Geschichte. Irgendwann lebten einmal ein junger Fischer und seine Frau. Der Mann ruderte eines Tages bei Flut hinaus aufs Meer, und aus welchem Grunde auch immer, er konnte keinen einzigen Fisch fangen. Er versuchte sein Glück hier und dort, jedoch seinen Mühen brachten keinen Erfolg. Allmählich setzte die Ebbe ein, die Strömung drehte sich, und der Fischer kehrte an Land zurück. Für ihn war ein Arbeitstag verloren.

»Heute ist ein komischer Tag«, maulte er, als er sich auf den Heimweg machte. Trotz seiner Misserfolge wollte er sich noch nicht ganz geschlagen geben, und er drehte sich ständig um, als ob er etwas erwarte. Und wie er so ging, rief es vom Berg her:

»He, hallo!« Er guckte um sich, da außer ihm niemand zu sehen war, meinte er, das Rufen müsse ihm gelten, und er ging in Richtung der Stimme. »He, hallo«, rief es immer wieder, und von dem Anruf wie magisch gezogen, kam er endlich bis zu einem großen Baum. Er konnte keinen Menschen sehen, wie er aber aufblickte, entdeckte er hoch oben im Wipfel einen schönen, roten Vogel. Der schien der Rufer zu sein. Der Fischer dachte bei sich: »Das ist ein seltsamer Piepmatz«, dann antwortete er nach oben: »Rufst du mich?« Der Vogel nickte sogleich und antwortete: »Ei freilich, wer soll es denn sonst sein?«

»Du bist ein bemerkenswerter Vogel. Hast du irgendein Anliegen an mich?«

»Spiel ein bisschen mit mir. Wenn du mich schön unterhältst, schenke ich dir einen ganzen Sack voll mit Flaschenkürbissen.«

»Du Kerlchen, wie willst du so ein Versprechen erfüllen?«

»Zerbrich du dir deswegen nicht den Kopf!«

So antwortete das rote Vögelchen und flog von seinem Ast auf.

»Ah, wohin ist er nur geflogen?« Der Fischer guckte sich verwirrt um, und er wurde noch viel verwirrter, als plötzlich der Vogel vor ihm in der Gestalt eines wunderschönen Mädchens erschien.

»Was für eine Schönheit!« entfuhr es dem jungen Mann. Das Vogelmädchen aber verlor keine Zeit mit Reden, es ergriff ihn bei der Hand und zog ihn in den Wald hinein. Wie verzaubert erfüllte er alle ihre Wünsche und spielte nach Herzenslust mit ihr.

Als das Vogelmädchen endlich zufrieden war, brachte es den Fischer an eine Stelle im Wald, an dem die Flaschenkürbisse im Überfluss wuchsen und reiften.

»Hier, das ist deine Belohnung, nimm, soviel du tragen kannst!«

Der Mann pflückte einen ganzen Sack voll von den Früchten und dachte: »Heute ist es doch noch ein guter Tag geworden. Fische habe ich zwar keine fangen können, aber dafür habe ich ein Mädchen, wie es eigentlich nur im Traum vorkommt, besessen.« Er drehte sich hin zu der Schönen und wollte ihr danken. Sie aber sprach:

»Kein Wort jetzt. Bis du wieder daheim in deinem Haus bist, darfst du überhaupt keinen Ton von dir geben. Beherzige das wohl!«

Der Fischer schwang sich den Sack mit den Flaschenkürbissen auf den Rücken und machte sich aufgeräumt auf den Heimweg. Unterwegs hatte er eine

Steigung zu bewältigen, im Kopf ging ihm allerlei hin und her, und die Mahnung der Spielgefährtin war bereits vergessen. Der Sack mit den Früchten drückte ihn, und er sagte gedankenlos vor sich hin: »Ganz schön schwer, der Sack!«

»Ganz schön schwer, der Sack!« tönte es von irgendwo her.

»Nanu?« fragte er unüberlegt, und »nanu« klang es wiederum von irgendwo her. Er hörte ganz genau hin, und es schien ihm, als käme die Stimme zwischen seinen Schenkeln hervor.

»Was ist denn das?« wunderte er sich, und sogleich kam es aus der Leistengegend: »Was ist denn das?« Und nun fiel ihm endlich ein, was das Mädchen beim Abschied befohlen hatte, er nickte heftig mit dem Kopf und beschloss, jetzt aber eisern den Mund zu halten und auf keinen Fall mehr den geringsten Laut von sich zu geben.

Er kam zu Hause an, durchschritt das Hoftor und trampelte mit Fleiß laut herum, um sich bemerkbar zu machen. Den Sack mit den Flaschenkürbissen warf er im Garten nieder. Seine Hausfrau merkte an dem Radau draußen, dass jemand gekommen war und erschien an der Eingangstür.

»Was ist denn los, warum kommst du heute so zeitig heim? Und was hast du in dem großen Sack?« Sie trat hinunter in den Garten, nestelte den Sack auf und fragte immer erstaunter weiter:

»Du liebe Zeit, was sollen all die Flaschenkürbisse?«

Der Mann blieb stumm und wollte keine der Fragen beantworten. Er packte seine Frau grob am Handgelenk und zerrte sie ungestüm ins Hinterzimmer hinein. Und dort forderte er unmissverständlich seine ehelichen Rechte. Als er endlich zufrieden war, verließ er das Haus durch die Hintertür und verschwand fluchtartig in den Feldern. Die Frau wunderte sich sehr über die Wünsche ihres Gatten am helllichten Tag, und sie fühlte sich sehr ermattet, so, als ob ein Fuchs sie behext habe.

»Was ist das nur für ein Tag heute?« murmelte sie vor sich hin.

»Was ist das nur für ein Tag heute?« kam es zwischen ihren Schenkeln hervor. Verwundert rief sie: »He, was ist das denn?« und sofort kam es deutlich von ihrer unteren Region her: »He, was ist das denn?«

»Ach, das ist ja schrecklich!« und unverzüglich schallte es: »Ach, das ist ja schrecklich!«

Nun beschloss sie, ganz stumm zu bleiben, aber sie war bedrückt und verlegen. In dieser Not kam gerade eben der Ölhändler vors Haus und rief:

»Wer braucht Öl, Leute, kauft Öl!«

Die Frau sah eine Lösung für ihr Problem und dachte: »Der Ölverkäufer kommt mir gerade recht«, sie nahm den Ölkrug, ging zur Tür und winkte dem Händler, näher zu treten. Der meinte, in einen stummen Haushalt geraten zu sein, aber er füllte, so wie die Frau ihm mit den Händen gebot, den Krug. Als er fertig abgemessen hatte, wies sie ihn durch Gesten an, ins Haus einzutreten. Sie fasste ihn bei der Hand und zog ihn ins Hinterzimmer, dorthin, wo sie gerade vor kurzer Zeit mit ihrem Mann beschäftigt gewesen war. Und nun überließ sie sich dem Ölverkäufer. Der kam bald wieder aus dem Zimmer zum Vorschein, das Geld für das Öl in der Hand und überhaupt rundherum zufrieden. Er hatte seine Ware verkauft und sich darüber hinaus an einer jungen Frau erfreut. Er verließ grinsend das Haus und ging rüber zum Nachbargehöft.

»Wer braucht Öl, wer braucht Öl?« rief er mit kräftiger Stimme seine Ware aus.

»Wer braucht Öl, wer braucht Öl?« kam es zwischen seinen Schenkeln hervor.

»Hallo, das ist komisch«, wunderte er sich, und »hallo, das ist komisch« wiederholte es aus seiner unteren Region heraus. Der Ölverkäufer wurde unsicher, die Dorfleute, die sich zu seinem Kummer in der Nähe befanden, hatten sogleich gemerkt, dass es hier etwas Spaßiges gab und machten ein Riesenspektakel:

»Ha, ha, der Ölhändler hat zwischen den Beinen noch eine Stimme, eine ist nicht genug für ihn, hört, hört!« Er schämte sich fürchterlich, warf seine ganze Ware von sich und rannte wirr in den Wald. Er vermied jegliche Begegnung mit Menschen und irrte einsam durch das Gestrüpp. Endlich kam er an einen großen Baum, und dort stand eine Kuh angebunden. Dieses Rindvieh war in Hochzeitsstimmung und verlangte klagend nach einem Stier. Der Ölhändler sah, dass die Region zwischen den Hinterbeinen rotgeschwollen war. Er schaute sich sichernd um, kein Mensch war in der Nähe, und er trat dicht an die Kuh heran. Die Kuh glaubte, endlich einen Hochzeiter gefunden zu haben und drängte sich mit dem Hinterteil nahe an den Mann. Und der tat ganz geschwind, was ihm als Befreiung von seinem Problem vorschwebte. Danach band er die Kuh los und entfernte sich zufrieden und erleichtert von diesem Ort. Die arme Kuh wurde, als sie sich so schnell verlassen sah, recht traurig und fing an zu brüllen. »Muh, muh!« Und sofort, wie sollte es hier anders sein, klang es zwischen ihren Hinterbeinen hervor: »Muh, muh!« Oben brüllte die Kuh, von unten her kam Antwort, und das Tier wusste nicht, warum. Das ging ihm sehr auf die Nerven, es lief muhend wie tollgeworden durch den Wald. Es rieb sich mit dem lautgebenden Hinterteil an Steinen, an Felsen, Büschen und Bäumen, alles war ihm recht. Mit der Zeit verstummte endlich das Muhen vom Hinterteil her, und die Kuh wurde wieder ruhiger.

Die Fähigkeit, einmal Gesagtes wiederzugeben, ist im Wald und den Bergen hängen geblieben. Seit dieser Zeit nennt man dies das Echo, und es wiederholt alles genau, was wir rufen.

Anmerkung:
Flaschenkürbis: *hyôtan,* in die getrocknete, ausgehöhlte Frucht kann man Wasser oder auch Sake füllen. Sie dient als Flüssigkeitsbehälter auf Reisen.

Blätter zerreissen

(ko no ha yaburi)

Vor vielen Jahren lebte irgendwo einmal ein junger Bursche. Er wurde erwachsen und nahm sich ein schönes Mädchen zur Frau. Er hatte aber nicht die geringste Ahnung, wie Eheleute eigentlich leben sollen, und deshalb bekam das Pärchen keine Kinder. Seine Mutter machte sich Gedanken um die Zukunft der Familie, daher ging sie zu einer geschiedenen jungen Frau in der Nachbarschaft, und bat sie, den Sohn in die Geheimnisse zwischen Mann und Frau einzuführen.

Eines Tages gingen die Nachbarin und der saumselige Ehemann gemeinsam hinaus zur Feldarbeit. Eine Weile werkten sie still nebeneinander her, plötzlich aber packte die Frau den Burschen am Handgelenk und zog ihn ins Gebüsch. Sie pflückte ein Blatt vom Yuna-Strauch und hielt dieses Blatt vor ihre *hoto*. Dazu sagte sie: »Durchstoße dieses Blatt!« Der junge Mann wollte die Finger zu Hilfe nehmen, die Geschiedene aber wehrte ab:

»Mit den Fingern kann das jeder. Du musst dazu das Ding zwischen deinen Beinen nehmen. Kannst du das?«

»Ich denke schon, wart mal.« Er wickelte sein Lendentuch ab, hob seine Waffe und zerriss das Yuna-Blatt.

»Gut, ausgezeichnet. Und noch mal!« Wieder holte sich die junge Frau ein Yuna-Blatt und hielt es vor ihren geheimsten Platz.

Dieses Spiel trieben die beiden noch mehrmals, schließlich und endlich durchstieß der Junge nicht nur das Blatt, er kam noch weiter und zu einem bisher nicht gekannten Ziel.

Ein unbeschreibliches Gefühl durchrieselte ihn, und die Blätterzerreißerei fing an, ihm großen Spaß zu machen.

Er kehrte nach Hause zurück, pflückte sich Blätter vom Yuna-Strauch, und begann, seine eigene Frau in die neuartige Art von Unterhaltung einzuweihen. In der gehörigen Zeit wurden ihnen Kinder geschenkt, die Mutter war glücklich, und auch die junge Familie lebte in Freude und Zufriedenheit.

Anmerkung:
Yuna-Strauch: Die Pflanze *oohamabô*, das ist Hibiscus tiliaceus, ein gelbblühendes Malvengewächs.
Lendentuch: fundoshi, die Unterkleidung der Männer.

Das Erinnerungsstück

(Katami no tabako-ire)

Vor langer Zeit führten einmal eine Mutter und ihr Sohn ein ärmliches Leben in ihrer kleinen, mit Stroh gedeckten Hütte. Als der Junge zum Mann herangewachsen war, wurde die Mutter krank und konnte nicht mehr arbeiten. Sie musste sich ins Bett legen, die Krankheit verschlimmerte sich mehr und mehr, und der Sohn hatte daran zu denken, dass ihn die Mutter bald verlassen werde. Der Gedanke an eine Zukunft ganz allein machte ihm beträchtliche Angst.

Die Mutter bereitete sich zum Abschied, und kurz vor ihrem Hinscheiden rief sie den Sohn zu sich ans Bett:

»Mein guter Junge, ich habe so gar nichts, was ich dir hinterlassen kann. So schneide denn, wenn ich nicht mehr bin, meine *hoto* aus mir heraus und mache einen Tabaksbeutel davon. Das soll dir ein Andenken an mich sein.«

Bald nach diesem Vermächtnis gab die Mutter ihren Geist auf. Der Sohn fügte sich, wenn es ihm auch schwer fiel, in den letzten Willen der Mutter, und stellte sich einen Tabaksbeutel her. Wo er hinging, er hatte dieses Erinnerungsstück stets bei sich und trug es auf der blanken Haut.

Eines Tages saß er im Garten, er öffnete den Beutel und nahm Tabak heraus für ein Pfeifchen. Federvieh tummelte sich auf dem Mist, und nach einer Weile beschäftigte sich der Hahn intensiv mit einer seiner Hennen. Der Sohn band gerade seinen Tabaksbeutel wieder zu, klopfte die Pfeife aus und wollte an seine Arbeit gehen. Da merkte er, dass Hahn und Henne nicht voneinander loskommen konnten, sie waren wie erstarrt. Er trat näher, die Tiere wollten sich aber nicht bewegen. Halb im Spaß dachte der junge Mann:

»Hat das vielleicht mit dem Erinnerungsstück an Mutter, dem Tabaksbeutel, zu tun?«

Er löste die Schnur, und da konnte endlich der Hahn von der Henne heruntersteigen.

»Nanu, was ist denn das?« staunte er über den seltsamen Sack. »Das will ich mir merken.«

Einige Zeit nach diesem Vorfall schlenderte der Jüngling durchs Dorf und traf auf zwei Pferde, die beim Deckgeschäft waren. Geschwind schaute er nach seinem Tabaksbeutel und sah, dass der offen war. Er band ihn zu, und wie er sich es vorgestellt hatte, der Hengst blieb auf der Stute und konnte sich nicht lösen. Der Besitzer der Pferde war in großer Verlegenheit:

»Wer kann mir helfen und die Tiere voneinander trennen? Ich biete gute Belohnung an, ein schönes Pferd will ich dafür geben!« versprach er den Gaffern, die sich sogleich zusammengefunden hatten.

»Das ist ein Angebot. Lasst mich mal vor, vielleicht kann ich mich nützlich machen!« sagte der junge Mann und öffnete verstohlen den Tabaksbeutel an seinem Gürtel. Der Hengst bewegte sich ein wenig, der Sohn gab ihm mit der flachen Hand einen Schlag aufs Hinterteil, und endlich kam das Tier ganz herunter von der Stute.

Die Umstehenden hatten so was noch nicht gesehen, und sie wollten sich nicht beruhigen. »Oh, das ist aber ein toller Kerl. Wie er das nur gemacht hat?« Dem Besitzer war das Wie gleichgültig, er war froh, dass seinen Tieren geholfen war, und gerne gab er die versprochene Belohnung. Der junge Mann bestieg das Pferd und begab sich auf einen Ausflug.

Unterwegs kam er an einem stattlichen Anwesen vorbei. Davor herrschte großes Gedränge, es musste etwas passiert sein. Er fragte, und man berichtete ihm folgendes: »Der Hausherr hat sich mit seiner Frau zerstreut, und nun ist er unfähig, die Umarmung zu lösen. Er ist wie festgezaubert. Vorhin war der Doktor da, aber auch der scheint nichts ausrichten zu können.« Der junge Mann wusste sogleich Bescheid: Am Vorabend war er hier vorbeigegangen, und er hatte, da sein Tabaksbeutel offen war, diesen zugebunden. Und das muss just der Augenblick gewesen sein, in dem das Ehepaar sich aneinander erfreute.

»Kein Problem, diese Krankheit weiß ich zu behandeln!« sagte er und ging in das Haus hinein. Der Hausherr war in sehr kläglichem Zustand, und er bat flehentlich:

»Ach Gott, kann uns denn keiner aus dieser Lage befreien? Wer uns helfen kann, dem will ich gerne meine ganzen Besitz geben!«

»Ich glaube, ich werde dir von Nutzen sein können. Gib mir dafür deine Tochter zur Frau.«

»Alles, was du willst, alles sollst du haben«, jammerte der Hausherr, und die Hausfrau, die unter Decken versteckt lag, winkte zustimmend mit der Hand.

»Also denn, probieren wir es mal.« Der Junge öffnete das Erinnerungsstück an die Mutter, seinen Tabaksbeutel. Und endlich konnte das Ehepaar voneinander lassen. Sie saßen auf dem Bett, hielten sich vor Freude bei den Händen und waren noch ganz fassungslos.

Wie versprochen erhielt der Retter die Tochter zur Frau und auch einen großen Teil des Vermögens. Er war reich geworden, der arme Sohn, und er konnte ein Leben ohne jeden Mangel führen. Die Mutter hatte noch nach ihrem Ableben für ihn gesorgt.

Eines Tages hatte er den kostbaren Tabaksbeutel zum Lüften auf die Veranda gelegt, und er selber machte in der Sonne ein Nickerchen. Ein Hund streunte vorbei, schnappte das wertvolle Stück und rannte davon. Der rechtmäßige Besitzer war sogleich hellwach und brüllte hinter dem Dieb her:

»He, das ist mein Schatz, du Hundevieh, bring ihn zurück! Wenn du den wirklich frisst, wirst du dich arg wundern!«

Der Räuber kümmerte sich nicht im Geringsten um das Geschrei, und er schlang das Diebesgut einfach hinunter.

Seit dieser Zeit fällt es den Hundetieren nach der Begattung sehr schwer, sich wieder voneinander zu lösen. Auch die Schnecke, die damals zufällig vom Kot des Hundes gefressen hatte, soll die gleiche Schwierigkeit haben. So erzählt man!

Anmerkung:
Veranda: engawa, ein Umgang, der die Zimmer des Hauses auf der Außenseite, meist Gartenseite, miteinander verbindet. Es ist ein Teil der traditionellen japanischen Bauweise, die leider immer mehr verschwindet.

Der törichte Bräutigam

(oroka na muko)

Vor vielen Jahren lebte einmal ein junges Ehepaar. Deren Eltern hatten, als die beiden noch kleine Kinder waren, diese Ehe unter sich ausgemacht. Die zukünftigen Brautleute kannten sich kaum, und als sie ins heiratsfähige Alter kamen, wurden sie miteinander vermählt. Es fehlte ihnen an nichts, sie hatten ein gutes Auskommen und ein schönes Heim. Bei all dieser Zufriedenheit gab es aber doch einen kritischen Punkt: Sie hatten noch nie ihre ehelichen Pflichten ausgeübt. Sie schliefen im gleichen Raum dicht nebeneinander, und das war alles. Die Frau fasste ab und zu ihren Mann an der Hand und versuchte, ihn zu sich hinzuziehen, der wollte jedoch einfach nicht begreifen, und ihre Bemühungen zeigten keinen Erfolg.

Eines schönen Morgens stand die Frau nicht auf, sie blieb im Bett liegen. Es wurde immer später, und endlich merkte der Mann, dass die gewohnte Ordnung gestört war.

»Was hast du denn, fehlt dir etwas?« fragte er und betrachtete besorgt seine Frau zwischen den Kissen.

»Au, aua, ach, tut das weh«, kam jammernd die Antwort, und die Patientin krampfte die Hände über ihre Leistengegend.

»Wo tut es weh?« Mit ängstlichem Gesicht zerrte er die Hände seiner Frau weg und betrachtete den schmerzenden Ort. Er erschrak:

»Du lieber Himmel, hier ist ja alles rot geschwollen. Hab ein wenig Geduld, ich lauf und kaufe ein Heilmittel.« Er stürzte aus dem Haus und in den nächsten Arzneiladen.

Hier erklärte er dem Apotheker ganz genau die Lage, der Mann schaute ihn verschmitzt an und meinte:

»Also diese Medizin wirkt normalerweise Wunder. Die Anwendung ist etwas umständlich. Du musst das Mittel zuerst auf deinen, du weißt schon, geben, und damit deiner Frau zwischen die Beine streichen.« Freundlich und geduldig erklärte er die Art der Behandlung, händigte die Arznei aus und schickte den jungen Mann heim.

Der rannte eilig zu seiner Frau: »Ich habe ein ganz gutes Hilfsmittel bekommen können, warte, wir probieren es gleich!«

Er strich sich die Salbe auf die vom Apotheker angezeigte Stelle, und fing an, mit diesem Instrument den geheimen und offenbar kranken Ort seiner Frau zu bearbeiten. Bald schien es der Leidenden besser zu gehen, sie entspannte sich und machte ein zufriedenes Gesicht. Bei dieser Liebesarbeit wurde sein Medizinstängel groß und hart und fing endlich an, die ihm von alters her zugewiesene Arbeit zu verrichten. Der Mann hatte begriffen, und die Kranke war sehr bald wieder gesund.

Seither sagte er oft: »Komm, wir reiben Medizin ein!«

Reinlichkeit ist wichtig

(Ana no sôji)

Vor vielen Jahren besaß ein Bezirksvorsteher, ein sogenannter *uyashû*, zwei Töchter, die gerade zu schönen Mädchen erblüht waren. Ihre Erziehung war sorgfältig und wohlbehütet gewesen, keine fremden jungen Männer hatten je Gelegenheit gehabt, ihnen nahe zu kommen. Sie waren kindlich und leichtgläubig, und an Gespielen hatten sie nur sich selber.

Im Haushalt des *uyashû* beschäftigte man viele Diener. Einem von ihnen, es war ein junger Bursche, war aufgetragen, sich um das tägliche heiße Badewasser zu kümmern. Eines Tages, als er gerade bei seiner gewohnten Pflicht war, gingen die beiden Schwestern in die Badestube.

Die Mädchen genossen das wohltuende Wasser, und die ältere sagte: »Ach, was ist das schön. Der Körper wird wie neu.« Sie hörte, wie der Bursche draußen mit dem Feuerholz werkte, und sie glaubte, etwas Gutes tun zu müssen. Deshalb rief sie:

»Du, Badejunge, komm herein und genieß mit uns zusammen das warme Wasser!«

Auch die jüngere Schwester mischte sich ein: »Ja, komm doch, das Bad wird dir wohltun.«

In ihrer grenzenlosen Weltfremdheit drängten die Schwestern den jungen Mann, der vergaß, was er seinem Herrn schuldig war, und er ließ sich nicht allzu lange bitten.

Den Mädchen hatte bisher niemand erklärt, dass Mann und Frau mit verschiedenen Werkzeugen ausgestattet sind. Sie saßen jetzt zu dritt in der Badewanne und wunderten sich über das seltsame Ding, das der Junge unten am Leibe hatte.

»Du siehst ja ganz anders aus als wir. Was ist das an deinem Bauch da unten, wofür brauchst du das eigentlich?«
Sie betasteten ihn, kneteten an ihm herum und verglichen ihre jeweiligen Geräte.

Dem Badejungen wurde richtig schwindelig, und er sagte mit hochrotem Gesicht:

»Damit putzt man eure Löchlein. Wenn die verstopfen, kann man krank, womöglich todkrank, werden. Man muss sie immer ordentlich putzen, und dafür braucht man ein Werkzeug, wie ich es habe.«

»Ach, so eine Krankheit soll es geben?«

»Ja, ja, und so eine Verstopfung ist absolut lebensgefährlich!« Der Junge brachte es fertig, ein ernsthaftes Gesicht zu machen.

Die jüngere Schwester wurde ängstlich, sie wollte nichts mit Krankheiten zu tun haben. »Wo putzt man im Allgemeinen? Kann man das hier im Bad machen?«

»Natürlich, im Bad ist das ganz einfach«

Die Kleine wollte die günstige Gelegenheit beim Schopf fassen und bat den Burschen um seine Dienste. Der war nicht faul, strich vorne auf sein Werkzeug etwas Seife und fing mit der Putzerei an. Nach einiger Zeit begann das, dem Mädchen zu gefallen, und es sagte zur Schwester:

»Es ist sehr angenehm, du musst das unbedingt auch versuchen!«

Die ältere Schwester, die bisher etwas vorsichtiger gewesen war, wollte nicht nachstehen und bat den jungen Mann um seine Reinigungsdienste.

Der wurde fertig mit dem ersten Auftrag, und sein Putzstab sank trübselig in sich zusammen. Er wehrte die zweite Bestellung ab und sagte:

»Dieses Instrument kann pro Tag nur eine Person putzen. Morgen dann also die große Schwester.« Und er hockte sich ganz erschöpft nieder.

Am nächsten Tag verfügten sich die jungen Leute wieder in die Badestube, und diesmal war die ältere Schwester an der Reihe. Auch sie fand Gefallen an der neuartigen Krankheitsvorbeugung, und nun bestürmten beide den Jungen:

»Morgen bitte wieder!«

Dem war die Sache nicht ganz geheuer und er antwortete abwehrend:

»Nicht jeden Tag, der Putzstab nützt sich ja ab. Einmal in der Woche genügt vollständig.«

Ja, und seither nahmen die Schwestern ab und zu im Bad ihrer Gesundheit zuliebe die Reinigungsdienste des Badejungen in Anspruch. Die Folgen davon wurden recht schnell sichtbar, beide kriegten nämlich runde Bäuche. Das kam dem Vater zu Ohren, der glaubte, ein Spuk narre ihn, er ließ die Mädchen rufen und sah, dass es für Moralpredigten zu spät war, und er fragte streng:

»Wann und wo habt ihr mit Männern gespielt? Was für Kerle sind das, und woher kommen die?«

»Ach Väterchen, wir haben überhaupt nicht mit Männern gespielt. Es kommt doch keiner herein in unsern Hof. Aber manchmal haben wir uns putzen lassen.«

Der *uyashû* wurde hellhörig: »Putzen lassen, wo putzen lassen?«

Er fragte ganz genau, die Mädchen heulten, weil Vater so aufgebracht war, und allmählich wurde alles sonnenklar. Dann befahl der Hausherr den jungen Sauberkeitsanbeter vor sich und sagte ihm unzählige Grobheiten. Zum Schluss aber, da es unvermeidbar war, fügte er rau hinzu:

»Du hast meine Töchter lange genug gereinigt, nun trag gefälligst auch die Folgen davon. Heirate sie alle beide, aber augenblicklich!«

Wer hat recht?

(Shibafu no ue no otoko)

Vor vielen Jahren waren einmal drei Mädchen zusammen in den Wald gegangen. Auf einer Wiese entdeckten sie einen jungen Mann, der zu schlafen schien. Er war aber nur halb eingenickt, und bekam mit, was die drei schwätzten. Sie wisperten und kicherten miteinander und taten sich keinen Zwang an:

»Was glaubt ihr, ist dem sein Ding Fleisch oder Knochen, oder womöglich Knorpel?« Das Thema machte ihnen Spaß, und sie wollten sich nicht beruhigen. Endlich meinte eine mit bestimmtem Gesicht:

»Ach was, das ist doch ganz klar, das ist nur Fleisch, ich bin mir sicher!«

Eine andere war nicht einverstanden:

»Nein, nein, du hast ja keine Ahnung, das ist mit Bestimmtheit Knorpel!«

Die dritte wollte es noch besser wissen:

»Beide habt ihr Unrecht, das ist Knochen!«

Sie stritten lachend hin und her, jede bestand auf ihrer Antwort, und keine wollte nachgeben.

Sie wurden immer aufgekratzter, und eine sagte keck:

»Also wenn wir wirklich wissen wollen, wer recht hat, dann müssen wir die Sache wohl überprüfen.«

Sie ging hin zu dem Burschen, fasste an sein Werkzeug und kam zurück zu den anderen.

»Wie ich mir gedacht habe, dem sein Ding ist weiches Fleisch.«

»Glaub ich einfach nicht.« Das zweite Mädchen ging hin, um sich selber zu vergewissern.

»Ich habe recht gehabt, es ist Knorpel!« berichtete sie voll Stolz.

Die dritte wehrte ab: »Unmöglich, das ist Knochen, mit Sicherheit Knochen!« Auch sie ging hin zu dem jungen Mann, betastete ihn, ja, und sein Ding war Knochen, harter Knochen!

Die Prüferin trat zurück zu den anderen, lachte sie aus und prahlte:

»Genau wie ich es mir gedacht habe, harter Knochen ist es!«

»Merkwürdig, ich habe nur Fleisch gefühlt, du dann Knorpel und du schließlich Knochen. Wer hat jetzt Recht? Das wissen wir immer noch nicht. Wir müssen es noch mal überprüfen« Die drei wurden immer übermütiger und gingen zu dritt auf den jungen Mann los. Der war aber in der Zwischenzeit richtig wach geworden und wollte die Betasterei nicht mehr aushalten. Er setzte sich auf und brüllte:

»He, ihr Weibervolk, wollt ihr wohl die Finger von mir lassen!«

Die Mädchen erschraken, sie sahen sich ertappt und rannten eiligst auf und davon.

Und jedes Mal, wenn eines von ihnen irgendwo auf den Burschen traf, schämte es sich fürchterlich. Nach einer gewissen Zeit wurde eins von den Mädchen seine Braut. So konnte sie ihm für alle Zeiten über das Vorgefallene den Mund stopfen.

Wieso hatte jede ein anderes Prüfungsergebnis vorgefunden? Denkt euch doch, ein gesunder junger Mann, und drei Mädchen kneten und tasten an ihm herum. Da wird mit Sicherheit aus Fleisch Knochen werden!

Die Geschichte der edlen Migagama

(uya-ani Migagama)

Vor vielen Jahren lebte im Ort Miyakuni, das an auf der Südseite der Insel Miyako liegt, eine wunderschöne Frau, die *uya-ani* Migagama. Vom frühen Morgen bis in die Nacht hinein saß sie am Webrahmen und arbeitete »pattan, pattan« an ihrem Stoff.

Eines Tages kam von Okinawa ein Amtsträger herüber nach Takapishigusu, dem Ortsteil, in dem Migagama wohnte, und ihm fiel das Klappern des Webrahmens auf.

»Wer da wohl mitten in der Nacht noch so fleißig ist?« Der Beamte ging dem Geräusch nach, er kam zum Haus der *uya-ani* und sah die schöne Frau beim Weben sitzen. Er war auf den ersten Blick von ihrer Lieblichkeit bezaubert.

In den folgenden Tagen versuchte er, sich Migagama zu nähern und ihr seine Liebe zu erklären. Die Frau aber wich ihm aus und ermutigte ihn auf keinerlei Weise. Sie kannte die ungeschriebenen Gesetze ihrer Gesellschaft. Die Bewohner des Ortes fanden ihre Lebensgefährten unter den Einheimischen, die Ehe mit Ortsfremden wurde sehr ungern gesehen. Wer sich diesem Brauch nicht unterwarf, hatte üble Nachrede zu gewärtigen und wurde gemieden.

Der Mann aus Okinawa aber entbrannte immer heftiger in Liebe, er wollte und musste die Schöne besitzen. Da sie ihm nicht freiwillig entgegenkam, sann er auf eine List. Er bestach den Knecht der Dame und machte mit ihm aus:

»Wenn die *uya-ani* schläft, legst du mein Handtuch und meinen Tabaksbeutel neben ihr Kopfkissen!«

Der armselige Bursche vergaß, was er seiner Herrin schuldig war, und er führte den Auftrag des fremden Mannes aus. Am nächsten Morgen erschien der Amtsträger vorm Haus und sagte laut und für alle hörbar:

»Ich habe hier bei Euch die vergangene Nacht verbracht. Als ich in meine Herberge zurückkam, habe ich gemerkt, dass mir mein Handtuch und der Tabaksbeutel fehlen. Ich muss die Sachen bei Euch am Bett vergessen haben. Bitte gebt sie mir jetzt!«

Die *uya-ani* erschrak, als sie diese Behauptung hören musste, sie wusste von keinem Herrenbesuch. Weil der Mann aber bestimmt auf seiner Aussage beharrte, ging sie in ihr Schlafzimmer, und da lagen tatsächlich neben ihrem Kopfkissen ein Handtuch und ein Tabaksbeutel.

Migagama ahnte nicht, wie sehr man sie betrog, die Angelegenheit ging ihr überaus nah und sie weinte:

»Da seid Ihr also tatsächlich zu mir gekommen und habt bei mir geruht. Ich weiß nichts davon, wer aber wird mir nun glauben?«

Der Schein war gegen sie, und sie wurde, da ihr nach dem Vorgefallenen keine andere Wahl blieb, seine Frau.

Nach einer gewissen Zeit gab sie einem Knäblein das Leben. Sie lebte ruhig neben ihrem Mann, und alle hätten zufrieden sein können. Da wurde aber der Beamte nach Okinawa zurückgerufen, er musste reisen, und Frau und Kind blieben auf Miyakojima zurück.

Ein paar Jahre vergingen, und endlich hatte der Amtsträger wieder Gelegenheit, nach Miyakuni überzusetzen. Am Hafen, gleich nach der Landung, traf er den elenden Knecht seiner Gattin, und der erhoffte sich wohl wieder Belohnung. Er machte sich an den Herrn heran und flüsterte ihm zu:

»Herr, Eure Frau wiegt Euer Söhnlein mit seltsamen Liedern in den Schlaf. Denkt Euch, sie singt:

›Du armes Kind, schlaf ein, vaterlos bist du,
Du liebes Kind, schlaf ein, ohne Ziel musst du wandern!‹«

Der Beamte wurde sehr aufgebracht, das Lied kam ihm ungehörig vor. Er besuchte und fragte seine Frau nicht, nicht einmal diese Liebe tat er ihr an, er ließ das Kind holen und kehrte mit ihm zusammen sofort nach Okinawa zurück.

Mitleidige Leute berichteten der *uya-ani*, was vorgefallen war, und sie stürzte zum Hafen. Dort konnte sie nur noch sehen, wie das Schiff, das ihr ein und alles entführte, bereits am Horizont verschwand. Der Schmerz überwältigte sie, sie wollte nicht allein weiterleben, und sie warf sich ins Meer.

Die Strömung trug ihren Körper an den Strand von Irabujima, der Insel im Nordwesten von Miyako. Ein Fischer fand ihn, und auch im Tode noch war Migagama wunderschön. Der Mann war von ihrer Lieblichkeit überwältigt, so sehr, dass er sich vergaß und Schande auf sich und seine Familie lud: Er verging sich an der toten Frau! Die Götter aber wachten, und die Strafe folgte: Seine ganze Verwandtschaft musste bis in alle Zukunft unter einem Fluch leben, und sie konnte nie mehr zu Ehren und Wohlstand kommen.

Andere Menschen, die den Körper später fanden, sorgten treulich für die notwendigen Riten und bestatteten Migagama wie eine eigene Tochter. Dieses Haus wurde gesegnet, und seine Dürftigkeit hatte ein Ende. Die Baumwolle, die diese Familie anpflanzte, gedieh Jahr für

Jahr ohne Fehl und ergab glänzend schönes Garn. Auch die Nachkommen hatten teil an dem Glück und lebten in Ansehen und Zufriedenheit.

Anmerkung:
uya-ani: Respektvolle Anrede für adelige Frauen.
Webrahmen: jibata, ein einfacher Webrahmen

Diese Geschichte macht deutlich, dass es auch im kleinen Königreich Ryûkyû Unterschiede gab. Die Regierung und der König saßen auf der Hauptinsel Okinawa. Von dort aus schickte man Beamte in die sogenannte Provinz. Das sind die abgelegenen Inseln, meist geht es um den Miyako-Archipel oder den Yaeyama-Archipel. Diese beiden Inselgruppen wurden erst später gewaltsam in das Königreich eingegliedert, und die Beamten, die von der Hauptinsel kamen, benahmen sich oft miserabel der Lokalbevölkerung gegenüber. Sie waren der festen Überzeugung, dass ihnen eine lokale Frau als »Ehefrau auf Zeit« zustehe. Über dieses arge Thema gibt es viele traurige Geschichten.

Das Geheimnis der Prinzessin

(musume no himitsu)

Vor langer, langer Zeit, als einmal ein rothaariger Junge auf der Straße spielte, kam ein Räuber vorbei und schob einen Handwagen vor sich her. Dieser *yamagu* wollte in den Reisspeicher des Landesherrn einsteigen und Reisballen stehlen. Der Bub kam ihm für dieses Vorhaben wie gerufen, er fackelte nicht lange und nahm ihn einfach mit.

Sie kamen ans Ziel, und der Einbrecher stieg zusammen mit seinem unfreiwilligen Helfer aufs Dach des Reislagers. Er hob ein paar Ziegel ab und stellte so ein Loch her. Dann wickelte er um einen Eisenhaken ein dickes Seil, dieses band er dem Jungen um den Leib und ließ ihn daran ins Innere des Speichers hinab. Der Handlanger wand das Tau von sich ab, führte den Eisenhaken durch die Schnur, mit der die Reisballen zusammengehalten werden, gab nach oben ein Zeichen, und sein Meister zog eine Reislast hoch. Dies ließ der Räuber so lange wiederholen, bis er seinen Karren voll hatte, endlich schickte er das Seil nicht mehr hinunter, sondern rückte die Ziegel wieder auf ihren Platz und schloss die Öffnung. Er selber machte sich schnell aus dem Staub, seinen Helfer aber ließ er im Reisspeicher sitzen.

Der Junge wollte auch gerne wieder ins Freie, konnte aber keinen Ausgang finden. Er suchte im Dunklen herum, kroch hinauf auf den Dachboden und lief auf den Bohlen entlang, bis er die Verbindung zum Hauptanwesen entdeckte. Er kam bis über das Zimmer der Prinzessin, der einzigen Tochter des *ushû*, des Landesherrn. Durch die

Deckenbalken hindurch spähte er nach unten in den Raum, und sah, wie das Mädchen die Härchen in seiner unteren Region zählte, die gerade angefangen hatten, zu sprießen.
»Eins, zwei, drei.«
Der Lauscher musste kichern. Die kleine Prinzessin konnte ihn wohl hören, machte sich aber weiter keine Gedanken, weil sie glaubte, Mäuse quietschten auf dem Speicher. Sie fuhr mit ihrer Zählerei fort. Diesmal platzte der Junge vor Lachen laut heraus, und das Mädchen hatte verstanden, dass es beobachtet wurde.
»Du, komm herunter!« befahl es. Der Eindringling gehorchte und ließ sich ins Zimmer hinab. Das Mädchen betrachtete den rothaarigen Gast eine Weile gedankenvoll, dann meinte es:
»Du hast mein Geheimnis gesehen, dafür musst du mich auch heiraten.«
Er hatte nichts dagegen einzuwenden, und sie versteckte ihn vorläufig in ihrem Zimmer.
Der Landesherr hatte nur diese einzige Tochter, sie war heiratsfähig geworden und sollte in Bälde einen Bräutigam nehmen. Die Prinzessin aber wurde, und das konnte niemand begreifen, immer dünner, und der *ushû* war in großer Sorge.
»Mein Kind, was ist denn mit dir los, du bist ja bald durchsichtig!«
»Ach Vater, du weißt doch, ich wachse jetzt schnell, und das Essen, das man mir bringt, ist nie genug. Ich habe immer Hunger. Ich glaube, ich brauche die doppelte Menge.«
Das Mädchen wusste gut, warum die Mahlzeiten nicht ausreichten, es gab nämlich die Hälfte an ihren heimlichen Gast ab, und für beide war das zu wenig.
Der Vater sorgte sofort dafür, dass man die Tochter reichlicher bediente, und die beherbergte den Jungen weiterhin, ohne dass jemand hinter ihr Geheimnis kam.

In den Ställen des Landesherrn stand ein wundervolles Ross. Dieses Tier war wild und wollte niemand in seiner Nähe dulden. Nur die Tochter durfte es anfassen und streicheln. Der Vater war deswegen auf folgenden Gedanken verfallen: »Wer dieses wilde Pferd fangen und handzahm machen kann, der soll mein Schwiegersohn werden.«

Die Prinzessin hatte zufällig von diesem Plan Kenntnis erhalten, und seitdem nahm sie den Jungen öfter mit in die Ställe. Sie ließ das Tier an ihm schnuppern. Dann durfte er dem Pferd allmählich Futter reichen und es endlich auch streicheln und klopfen. Mit der Zeit wurde der Wildling zahm und duldete auch den Jungen in seiner unmittelbaren Umgebung.

Die Zeit verging, und der Tag, an dem der Bräutigam der Prinzessin bestimmt werden sollte, kam heran. Der Landesherr ließ ausrufen:

»Die Königstochter wird sich heute einen Bräutigam wählen. Wer Interesse hat, soll sich bei der Burg einfinden.«

Interesse hatten viele, und junge, hoffungsvolle Männer versammelten sich. Das wilde Ross wurde herbeigeführt, aber niemand von den Werbern konnte auch nur in seine Nähe kommen. Das stolze Tier ließ keinen an sich heran.

Der Junge, der die ganze Zeit versteckt im Zimmer der Prinzessin gelebt hatte, war ebenfalls erschienen. Er betrachtete sich die Anstrengungen der Kandidaten und sagte:

»Das ist doch nicht weiter schwierig. Lasst mich mal probieren!«

Die Versammelten lachten ihn einfach aus

»Was willst du Grünschnabel denn schon ausrichten können?«

Er kümmerte sich aber überhaupt nicht um die Rederei und trat langsam auf das Pferd zu. Nun wurde es ringsherum still, und alle hatten Grund, sich zu wundern: Das Tier, das die ganze Zeit wie toll an seinem Seil gezerrt hatte, wurde auf einmal ganz ruhig und ließ sich streicheln und tätscheln. Es schien ihm sogar Freude zu machen.

Der Fürst sah es mit Bewunderung, er hielt sein Wort, und der Junge bekam die Prinzessin zur Frau.

Nach Jahren wurde er der Nachfolger seines Schwiegervaters, und er regierte gerecht und mit fester Hand.

Anmerkung:
Räuber: Wird in diesem Fall als *nusubito* geschrieben, jedoch *yamagu* gelesen. Wiederum ein Beispiel dafür, wie die Ausdrucksweise von Japan und Okinawa, trotz derselben Schrift, voneinander abweichen.

Wespenstiche

(Ôkii na mono no aji)

Vor langer Zeit lebten einmal ein Großväterchen und ein Großmütterchen einträchtig miteinander.

Eines Tages ging Großväterchen in den Wald und wollte Gras schneiden. Während der Arbeit ergab sich die Notwendigkeit, ein kleines Geschäft zu verrichten. Der Alte war in der Wahl des Platzes nicht vorsichtig genug, und er hatte das Pech, ein Wespennest zu durchnässen. Die Einwohner quollen aufgebracht hervor und griffen ihn wütend an. Großväterchen schrie auf und drehte sich zur Flucht, es war aber bereits zu spät, einige Dutzend Wespen hatten sich auf seinem wichtigsten Körperteil niedergelassen und stachen kräftig zu. Das arme Ding wurde zusehends größer, ja richtig stattlich sogar.

Am Abend hatte es immer noch nicht zu seiner gewohnten Form zurückgefunden, es ragte geschwollen und steif und juckte unerträglich. Der Alte dachte wohl an vergangene Zeiten und näherte sich verwegen seiner Frau. Großmütterchen war angenehm überrascht, solche Vorkommnisse waren in den letzten Jahren sehr selten geworden. Das Erfreuliche überdeckte die Schmerzen, Großväterchen gab sich große Mühe, und die Alte war begeistert. Es wurde eine unvergessliche Nacht!

Am nächsten Morgen meinte Großmütterchen:

»Das war ja ganz wunderbar, was ist denn los mit dir, Alter?«

Großväterchen wehrte ab:

»Das kommt von den Wespenstichen, die ich gestern abgekriegt habe, ach, was hatte das wehgetan!«

Großmütterchen jedoch zeigte überhaupt kein Mitleid mit dem Verletzten und kakelte zufrieden:

»Da haben also sogar Wespenstiche ihr Gutes!«

So wird erzählt.

Alles muss erst gelernt werden

(Yome no Masakari-kizu)

Diese Erzählung stammt aus einer Zeit ohne Bücher, ohne Radio oder Fernsehen, sie ist also sehr alt. Vor vielen Jahren wurden einmal zwei junge Leute auf den Beschluss ihrer Eltern hin verheiratet. Die Brautleute hatten überhaupt keine Ahnung vom ehelichen Leben, sie schliefen brav nebeneinander im gleichen Raum, das war alles. Nach einiger Zeit aber kamen der Frau Zweifel an ihrem Zustand:

»Wieso kriegen andere Ehepaare Kinder und bei uns rührt sich einfach nichts?«

Sie überlegte hin und her, und nach langem Zögern ging sie hinüber zu der alten Nachbarin. Die Großmutter hörte sich die Klagen an, sie lachte und sagte:

»Hast du dir vielleicht vorgestellt, dass ihr zu Kindern kommt, wenn ihr beide still nebeneinander liegt? Du machst mir aber Spaß! Das ist ja ein Frevel gegen die Götter!«

»Was soll das bedeuten?«

»Höre, die Himmlischen haben in ihrer Güte den Mann und die Frau mit verschiedenen und ganz ausgezeichneten Werkzeugen versehen. Die muss man richtig benutzen, sonst kommen nie Kinder auf die Welt.«

Nun erklärte die Alte dem verdutzten Frauchen die ganze Angelegenheit haargenau.

»Ach Großmütterchen, ich geniere mich aber, meinem Mann, der so überhaupt keine Ahnung hat, das alles ins Gesicht hinein zu erzählen. Ich könnte ihn nie mehr ansehen. Gibt es nicht irgendeine Möglichkeit, ihm das auf einem anderen Weg beizubringen?«

Die Nachbarin konnte sich in die Lage der jungen Frau hineindenken, die beiden redeten hin und her, dachten sich dies und jenes aus, verwarfen es wieder, und endlich kamen sie auf eine Idee, die ausführbar schien.

Die Junge ging nach Hause zurück und machte sich sogleich an die Verwirklichung des Planes. Zuerst rechnete sie sich den Moment aus, in dem ihr Mann ungefähr zurückkommen musste. Zu diesem Zeitpunkt legte sie sich splitternackt hinter dem Hauseingang auf den Rücken, spreizte die Beine und wartete. Bald kam ihr Mann von der Feldarbeit heim, er fand seine Frau, und er erschrak ordentlich: Sie hatte zwischen den Beinen eine große, klaffende Wunde. Bestürzt fragte er:

»Wie kommst du zu so einer schrecklichen Verletzung? Schmerzt es arg? Ist es mit einem Messer oder einer Sichel passiert?«

Und er streichelte die arme Stelle. Die junge Frau antwortete mit vor Scham glühendem Gesicht, die Augen abgewendet:

»Wenn du dein Gerät, das du unten am Leib hast, in die Wunde hineintust, wird es besser werden!«

Der unerfahrene Mann war verwirrt, aber er tat, wie man ihn geheißen. Bald merkte er, dass es ihm unbeschreiblich wohl wurde, und auch seine Frau schien keine Schmerzen mehr zu haben. Seit diesem Vorfall konnte das junge Paar fast nicht auf die Nacht warten, und mit Fleiß und Hingabe erfüllte es sein eheliches Pensum. Bald wurden ihnen Kindlein geschenkt, und sie führten ein ganz normales Leben, wie andere Ehepaare auch.

Liebe über den Tod hinaus

(otoko no tamashi o totta onna no yûrei)

Vor vielen Jahren einmal starb eine Frau ganz plötzlich und wurde dadurch aus der heftigsten Liebe herausgerissen. Sie war nun in die andere Welt hinübergegangen, aber sie konnte auch dort ihren Liebsten nicht vergessen. Mit allen Mitteln versuchte sie, ihn zu sich zu holen, und ihr war keine Ruhe im Grab gegönnt. Eines Tages kam sie als Gespenst zurück und ging zum Haus des über alles geliebten Mannes. Sie vermochte aber nicht einzutreten, denn an der Tür klebte ein rotes Amulett, das Geisterwesen den Zutritt verwehrt. Das Gespenst irrte weinend um das Haus, jedoch nirgends zeigte sich eine Öffnung, durch die es in das Haus gelangen konnte. Nach langer Suche endlich ging es hin zur Hütte eines Bettlers.

Es redete den armen Schlucker an und sagte: »Geh zu diesem Haus dort und beseitige das Amulett, das den Hauseingang beschirmt. Wenn du das für mich tun willst, gebe ich dir reichlich Geld zur Belohnung!«

Der Bettler hatte noch nie in seinem Leben so viel Geld gesehen, wie hätte er der Versuchung widerstehen können? Er ging zum Anwesen des über den Tod hinaus geliebten Mannes und wartete, bis alles in tiefem Schlaf lag. Dann riss er den Talisman ab und warf ihn achtlos weg. Nun lag das Haus schutzlos offen für das Gespenst, und es konnte ohne Schwierigkeit hineinschlüpfen. Es glitt zum Lager des Mannes und nahm ihm die Seele weg. Er verschied und musste zu seiner Freundin hinunter ins Reich der Schatten.

Ein Krug mit Gold

(Ogon no Kame)

Vor vielen Jahren einmal verheiratete sich der zweite Sohn einer armen Familie. Er erhielt als Aussteuer von den Eltern ein kleines Haus und ein Boot. Da er neben diesen beiden Dingen sonst kein Vermögen hatte, fing er an, in Yanbaru Brennholz zu holen und es nach der Hauptstadt Naha zu schaffen. Dort verkaufte er es und verdiente so seinen Lebensunterhalt. Lange Jahre ging er diesem Geschäft nach, und im Laufe der Zeit nahm und unterhielt er sich in Naha eine Geliebte. Wenn er in Naha zu tun hatte, blieb er stets bei dieser Frau.

Seine Gattin nahm die Dinge merkwürdig ruhig auf, und sie empfing ihren Mann jedes Mal, wenn er endlich nach Hause kam, freundlich und entgegenkommend. Eines Tages aber fiel dem Mann auf, dass sie sich zu verändern begann, ihr Verhalten kam ihm fremd vor. Er stellte sie deswegen zur Rede, aber sie wollte nicht mit der Sprache heraus. Schließlich bekamen die beiden einen gewaltigen Ehekrach, und die Frau war nahe daran, Haus und Mann zu verlassen. Als sie sich etwas beruhigt hatte, musste sie an die Zukunft ihres Mannes im Falle ihres Weggehens denken, und er tat ihr leid. Sie entschloss sich, ihm ihr Herz zu öffnen:

»Mein Lieber, hast du dir schon einmal überlegt, wie elend es mir hier geht, seit du dich mit der Frau in Naha zusammengetan hast? Mir hat das Notwendigste zum Leben gefehlt. Ich habe mir nicht mehr zu helfen gewusst und mir einen Geliebten genommen, der mich unterstützt, dasselbe also, wie es deine Freundin in der Hauptstadt gemacht hat. Sag, ist das in meinem Fall schlecht? Leicht gefallen ist es mir nicht, und bis heute habe ich all die Unwürdigkeiten still ertragen. Jetzt aber wollte ich alles hinwerfen und dich verlassen. Wenn ich jedoch bedenke, was dann aus dir und deinem Haus wird, kann ich nicht einfach weggehen!«

Die Frau wendete sich ab und weinte leise vor sich hin. Ihrem Mann gingen die Augen auf und über, denn er war kein schlechter Mensch. Stockend sagte er: »Ich schäme mich, ich habe alles falsch gemacht. Kannst du mir verzeihen? Bitte lass es uns noch einmal zusammen versuchen. Ich will dir ein guter Gefährte sein und auch fleißig arbeiten. Deinen Fehltritt kann dir niemand ankreiden, denn er ist aus Not geschehen. Komm, lass uns wieder gut sein!« Die Frau stimmte herzlich gerne zu, und von diesem Abend an vertrugen sich die zwei wieder wie in ihrer jungen Zeit.

Als sie friedlich nebeneinander im Bett lagen, hatte der Mann etwas zu berichten: »Eines Tages, als ich nach Yanbaru unterwegs war, wollte ich ein Geschäft erledigen und habe mich deshalb in die Büsche geschlagen. Da sah ich, dass im Unterholz etwas blinkte und gleißte. Ich bin dorthin gegangen und habe einen Krug, voll mit Gold angefüllt, gefunden. Das kann nur ein Geschenk vom Himmel sein, dachte ich mir und?bedankte mich bei den Göttern. Lass uns demnächst diesen Schatz nach Hause holen, dann hat alle unsere Dürftigkeit ein Ende.«

Beide freuten sich sehr und schliefen zufrieden ein. Sie hatten aber einen Lauscher gehabt. Ein Einbrecher hatte draußen an der Wand gehorcht, und nun ging er schnurstracks zu der Stelle im Wald, von der der Mann erzählt hatte. Ohne Mühe fand er besagten Krug, und er murmelte: »Die Götter passen tatsächlich auf, dass es uns Menschen gut gehe, sehr dankenswert!« Er griff gierig in das Gefäß hinein, aber sogleich riss er seine Hand schreiend wieder heraus: Im Krug hatten sich Wespen ihr Nest gebaut, sie brummten hervor und zerstachen den Störenfried tüchtig. Der Einbrecher bekam eine Mordswut, er nahm den Krug, so wie er war, und ohne ihn weiter zu überprüfen, und schleppte ihn zum Haus des Ehepaares. Dort warf er ihn zu einem Fenster hinein. Jetzt musste er sich aber wundern: Im Krug war tatsächlich Gold gewesen, und in dem kleinen Haus blitzte und blinkte es überall. Der Dieb wurde vom Schlag getroffen, das war alles zu viel für ihn gewesen, und er sank tot um. Am nächsten Morgen fanden ihn die Eheleute draußen liegen. Er tat ihnen leid, weil er so arm und allein gestorben war. Sie verkauften einen Teil des Goldes und bereiteten ihm damit ein anständiges Begräbnis. Sie selber lebten von nun an in Freude und Wohlstand.

Anmerkung:
Yanbaru: Das nördliche, sehr waldreiche Gebiet der Hauptinsel Okinawa wird *Yanbaru* genannt.

Der Schaum sei mein Zeuge

(Abuku no Adauchi)

Vor vielen Jahren gab es das sogenannte West- und das Osthaus. Man nannte sie so wegen ihrer Lage. Das Anwesen im Osten verfügte über Geld und Gut, das im Westen jedoch war nicht mit irdischen Gütern gesegnet. Es war aber mit einem Schatz, der nicht mit Gold aufzuwiegen ist, beglückt, seine Hausfrau nämlich war eine liebenswerte und fleißige junge Frau, die ihre kleine Wirtschaft auf das allerbeste versorgte.

Bald fiel sie dem Mann vom Osthaus in die Augen, und immer, wenn er ihre schlanke Gestalt erblickte, überkam ihn die heftigste Liebe, er fing an, sie zu begehren, und er sann darüber nach, wie er sie zu seinem Eigentum machen könne. Er grübelte lange und brütete schließlich Böses aus.

Er begann, das kleine Haus im Westen täglich zu besuchen. Er brachte Schnaps, gebratene Fische und andere Leckerbissen mit und drängte sie den Hausleuten auf. Mit dem Hausherrn becherte er häufig und stahl sich so in dessen Vertrauen. Und eines Tages, als die Freundschaft schon recht tief schien, sagte er zu dem Besitzer des Westhauses: »Heute ist herrliches Wetter, viel zu gut, um zu arbeiten. Lass uns beide zum Meer gehen und uns einen schönen Tag machen.« Der Angeredete wehrte ab: »Dazu habe ich keine Zeit, ich kann mein Feld nicht einfach so liegenlassen, die Pflanzen brauchen ihre Pflege jeden Tag, sonst haben wir nichts zu essen.«

Der Mann vom Osthaus wollte diesen Einwand nicht gelten lassen: »Ach was, ein Tag macht doch nichts. Wenn euch wirklich etwas fehlen sollte, gebe ich es euch gerne, nun komm schon. Und sieh mal, ich habe auch eine schöne Wegzehrung vorbereiten lassen. Lauter leckere Dinge. Wir können es uns doch einmal gut gehen lassen!«

Er lag dem anderen hartnäckig in den Ohren, die Hausfrau kam dazu und sagte zu ihrem Mann: »Ich habe vergangene Nacht einen schlimmen Traum gehabt, das muss etwas zu bedeuten haben. Lieber Mann, bitte gehe heute weder ans Meer noch sonst wohin. Bleibe daheim!«

Aber auch diesen Widerspruch wischte der Besucher einfach fort, er redete so lange, bis der Herr des Westhauses sich nicht mehr wehren konnte und ihn, widerwillig zwar, ans Meer begleitete. Am Strand aßen und tranken sie, und endlich waren beide ziemlich betrunken. Der Mann vom Osthaus verlor alle Hemmung, und er drehte sich hohnlachend zu seinem Gefährten:

»Du armer, betrogener Wicht, was glaubst du wohl, warum ich dich heute an diesen einsamen Strand geführt habe? Jeden Tag habe ich die allerköstlichsten Leckerbissen in dein Haus gebracht und dich mit Reisschnaps traktiert. Du aber hast dich mir gegenüber nie erkenntlich gezeigt und etwas zurückgegeben. Bezahl dafür nun mit deinem Leben! Nimm Abschied von dieser Welt!« Mit diesen Worten zog er einen Dolch aus seinem Kleid.

Der verratene Mann erschrak furchtbar, als er den falschen Freund erkannte. Er hatte keine Waffe und konnte sich nur mit den bloßen Händen wehren. Er ergab sich in sein Schicksal und antwortete traurig: »So ein Kerl bist du also, gut, ich bin in deiner Hand. Mach mit mir, was du willst, nur lass mich, bevor du mich meuchelst, noch ein kleines Geschäft verrichten. Warte wenigstens so lange, ich fliehe nicht!«

Er trat ein wenig beiseite und verrichtete seine Notdurft. Sein Wasser wurde auf dem Sand zu Schaum, und er sprach zu dieser Gischt: »Schaum, sei du mein Zeuge von dem, was jetzt gleich hier geschehen wird.« Als er fertig war, wurde er unbarmherzig umgebracht. Der Mörder schleifte seinen Körper ins Meer, die See nahm ihn auf und trug ihn fort ins Unendliche.

Der Mann vom Osthaus ging nach seiner grausamen Tat nach Hause und machte ein Gesicht, als ob nie etwas geschehen wäre. Die Frau im Westhaus wartete auf ihren Gatten, der wollte und wollte aber nicht heimkommen. Unruhig und in Sorge suchte sie den Nachbarn auf und fragte: »Ihr wart doch beisammen am Meer, was ist aus meinem Mann geworden?« – »Ah, der hat zuviel getrunken gehabt und ist irgendwo hingetorkelt. Er wird schon wieder auftauchen.« Der falsche Mensch brachte es sogar noch fertig, der armen Frau gerade ins Gesicht zu schauen.

Der Verschollene aber kehrte nicht zurück. Tage, Wochen, Monate vergingen, es war keine Spur von ihm zu entdecken. Seine Frau trug schweres Leid um ihn, die Zeit jedoch milderte ihren Kummer. Sie konnte ihrem Anwesen allein nur notdürftig vorstehen, und nach einer gewissen Frist gab sie schließlich dem Werben des Nachbarn nach und wurde seine Frau. Aus ihrer ersten Ehe hatte sie einen Sohn, und aus der neuen Verbindung gingen nach und nach zwei andere Kinder hervor.

Eines Tages, als das Ehepaar Seite an Seite arbeitete, fing es plötzlich an zu regnen. Beide legten eine Pause ein und warteten im Haus auf das Nachlassen des Niederschlages. Der wurde jedoch zum Wolkenbruch, der Regen prasselte hart auf den Boden und sprang wieder in die Höhe, es sah aus wie Schaum. Der Hausherr schaute hinaus, eine Erinnerung schien in ihm hochzusteigen, und auf einmal fing er zu lachen an.

»Was hast du denn, warum lachst du wie verrückt?«

»Wie soll ich nicht lachen? Ich muss an deinen ersten Mann denken, als ich ihn gerade umbringen wollte. Er stand da, verrichtete sein kleines Geschäft und sagte zu dem Schaum, der aufspritzte: ›Du sollst mein Zeuge sein!‹ Das war so komisch, und wenn ich daran denke, muss ich einfach lachen.« Gedankenlos hatte der Hausherr sein dunkles Geheimnis ausgeplaudert. Die Frau betrachtete ihn nachdenklich, und in ihren Augen glimmte es. All ihr Leid kehrte zu ihr zurück, und nur mühsam beherrscht presste sie hervor: »Da bist also tatsächlich du der Mörder!« Nur diese Worte sprach sie und ließ die Angelegenheit auf sich beruhen.

Monate vergingen, und der Herr des Osthauses hatte seine Unvorsichtigkeit schon lange wieder vergessen. Eines Tages schlug ihm die Frau vor: »Heute ist schönes Wetter, komm, wir wollen Leckerbissen und Schnaps nehmen und mit der ganzen Familie einen Ausflug ans Meer machen.« Am Strand aßen und tranken sie, und als der Mann betrunken war, wendete sich die Frau an ihren Sohn aus erster Ehe und sagte: »Dieser Mensch ist der Todfeind deines Vaters, er hat ihn auf dem Gewissen. Räche deinen Vater und erschlage diesen Kerl hier!«

Der Junge tat, wie es ihm die Mutter befahl und brachte seinen Stiefvater um. Aber der Rachedurst seiner Mutter war noch nicht gestillt, sie drehte sich zu den beiden Kindern aus der Ehe mit dem Herrn des Osthauses und setzte hinzu: »Das sind die Kinder eines Mörders, ich will nichts von ihnen wissen, schaffe auch sie aus der Welt!« Wieder gehorchte der junge Mann, und endlich war die Frau zufrieden. Der Feind und seine Nachkommen lagen ausgelöscht, und der geforderten Rache war Genüge geschehen. So erzählt man.

Die Geliebte und die rechte Frau

(KASHIGI NO KIMONO)

Vor vielen Jahren lebte einmal ein reicher Mann, der nannte viele Güter sein eigen, und er hatte auch eine gute Ausbildung genossen. Er war *uyashû*, also ein Bezirksvorsteher. Dieser *uyashû* und seine Gattin besaßen sechs wohlgeratene Kinder, aber trotz all seines Wohlstands und häuslichen Glücks war der Mann unzufrieden und rastlos: »Ich will meine Ruhe haben und nur für mich leben, ich werde Weib und Kind verlassen!« Immer mehr liebäugelte er mit solchen geheimen Gedanken, und eines Tages ließ er wirklich alles liegen und stehen und machte sich davon.

In dieser Welt ist es jedoch nicht besonders gut, alleine zu leben, es bringt mancherlei Nachteile, und ein Amtsträger, der dem Yamato-Reich dient, hat, auch wenn Edo noch so fern ist, als lediger Mann keinerlei Zukunftsaussichten. Da beschloss der *uyashû*, sich nach einer Nebenfrau umzusehen, seine Wahl fiel auf ein schönes, junges Mädchen, und er verbrachte seine Tage bei ihm. Denkt euch nur, er verließ Frau und Kinder, er ging einfach hin und lebte mit einer Nebenfrau! Sein Name war Utsu-nu-Miyagurai, ja, so hieß der Kerl.

Eines schönen Tages kam aus Okinawa ein Befehl, aus Okinawa, müsst ihr wissen, dort, wo unsere Hauptstadt Shuri ist. Und die Botschaft an den Bezirksvorsteher lautete: »Heute ist *ômisoka*, der letzte Tag im Jahr, morgen fängt das neue an. Komme so schnell wie möglich herüber nach Okinawa zur Neujahrsversammlung der Großen des Reiches!«

Der *uyashû* war bestürzt über die Nachricht: »Das kommt mir sehr ungelegen, ich bin für so eine Reise überhaupt nicht vorbereitet, was soll ich nur machen, nicht mal die passende Kleidung habe ich!«

Damals, müsst ihr wissen, hatte man nicht die Schränke voll mit Gewändern, Kimonos, besonders die Kleidung für festliche Angelegenheiten war sehr teuer, und man begnügte sich mit einfachen Kleidern. Der Mann ging zu seiner Liebsten und bat: »Du musst mir helfen, bitte fertige mir einen Kimono an!« Die junge Frau betrachtete ihren Liebhaber eine geraume Weile, der Auftrag passte ihr ganz und gar nicht, und dann antwortete sie endlich: »Das Gewand für dich, das Gewand für den *uyashû* ist noch auf der Garnrolle.« Das soll heißen, dass der Stoff noch nicht einmal gewebt war. Und die Nebenfrau fuhr fort: »Das Gewand für den *uyashû* ist auf der Garnrolle, der Wind trägt es fort!« Damit bedeutete sie dem Bittsteller, dass er sich keine Hoffnungen zu machen brauche.

Nun sah der Herr Miyagurai deutlich, dass die Frau keinerlei Absicht hatte, ihm zu helfen, und da er nicht mehr weiter wusste, ging er nach Hause zu seiner ersten Frau, zu seiner rechten Gemahlin schlich er sich. Und er bat auch hier: »Meine liebe Frau du, ich muss nach Okinawa reisen und habe keine passende Kleidung, liebes Weib, ich fleh dich an, näh mir einen Kimono!«

Die verlassene Gattin sah ihren treulosen Mann verächtlich an: »So kommst du mir also, jetzt brauchst du mich auf einmal. Höre, am liebsten würde ich dir Prügel um die Ohren schlagen, du erbärmlicher Wicht! Aber es sind deine Kinder, die ich in den Armen wiege, du bist der Vater meiner Kinder, und deshalb kann ich dich nicht einfach hinauswerfen, so gern ich das auch möchte. Geh ins Schlafzimmer, dort in der Truhe liegen sieben verschiedene Gewänder, davon suche dir aus, was du brauchst.«

Der *uyashû* tat, wie ihn seine Gattin geheißen hatte und wählte sich aus den Kimonos, die seine Frau so sorglich vorbereitete hatte, ein Festkleid.

Dann nahm er Abschied und machte sich auf die Reise zur Hauptinsel. Er kam in Okinawa an und wollte sich sogleich an den Ort begeben, an dem sich die edlen Herren des Ryûkyû-Reiches versammeln sollten. Unterwegs aber fiel plötzlich Regen, und das Prachtgewand, das Miyagurai angelegt hatte, wurde durchnässt. Pech hatte er und wurde kurz vor dem Ziel nass. Er wollte seine Kleidung trocknen, im Garten der Versammlungshalle stand ein Baum, und daran hängte er seinen Kimono auf. Nach einer Weile kam ein Gartenbursche vorbei, so einer, der für alles da zu sein hat, der sah das Gewand und rief erstaunt: »Wem das wohl gehören mag, so eine prachtvolle Robe habe ich noch nie gesehen!« Er konnte sich gar nicht beruhigen und sagte immer wieder: »So ein wunderschönes Kleid!« Die Leute liefen zusammen, und alle bewunderten das feine Gewirke. Endlich rief einer: »Das gehört doch dem Utsu-nu-Miyagurai, ich habe gesehen, wie er es vorhin aufgehängt hat. Das muss seine Gemahlin gewebt und genäht haben!« Und jeder war des Lobes voll: »Oh wie schön!« und »ganz wunderbar!« Alle beneideten den *uyashû* Miyagurai, der eine so kunstfertige Gattin hatte. Der hörte die Lobreden und schämte sich fürchterlich, wenn er daran dachte, was er seiner Frau angetan hatte.

Die Versammlung der Edelleute ging zu Ende, alle kehrten heim, und auch Miyagurai fuhr wieder zurück auf seine Insel. Er begab sich auf der Stelle nach Hause zu seiner rechten Gemahlin. Endlich hatte er ihren Wert erkannt und verbrachte nun in Zufriedenheit und Freude seine Tage mit seiner Familie.

Anmerkung:
Utsu-nu-Miyagurai: Der volle Name des Bezirksvorstehers. Übersetzt ungefähr: »der Miyagurai von Utsu«. Daraus kann man auch sehen, dass der Mann dem Adel angehört.

Ein Blick, tausend Ryô

(HITOME, SENRYÔ)

Vor vielen Jahren war einmal eine junge Frau ins Freudenviertel gegangen. Sie war sehr schön, außerordentlich liebenswürdig und auch mit Verstand begabt, und kein Mensch konnte sich vorstellen, was für ein Schicksal sie in diese traurige Abhängigkeit gebracht hatte. Schnell erfreute sie sich großer Beliebtheit im Blumenviertel, und das erlaubte ihr, unter ihren Kunden zu wählen. Alltägliche Männer nahm sie niemals an, sie gab sich nur mit reichen Herren und Landbesitzern ab, die ihr ihre Gunst mit Gold aufwogen. Der Kaufpreis, um mit ihr eine einzige Nacht verbringen zu dürfen, soll ungewöhnlich hoch gewesen sein.

Nun lebte zu der Zeit, als das Lob der schönen Frau durch die Lande ging, ein junger Mann von geringer Herkunft. Er diente in einem reichen Hause und verdiente sich seinen Lebensunterhalt als Knecht. Und dieser junge Mann fing an, von der berühmten Kurtisane zu träumen: »Einmal mit dieser wunderbaren Frau eine Nacht verbringen! Das ist mein einziger Wunsch im ganzen Leben. Sie liebkosen, dann will ich für immer zufrieden sein!«

Die Vorstellung, in den Armen der Schönen zu liegen, verließ ihn nicht mehr, und er fasste den Entschluss, sich die Traumvorstellung irgendwie zu erfüllen. Die Löhnung des dienenden Standes war recht gering, und der Kaufpreis für eine einzige Nacht der viel besprochenen Kurtisane bedeutete den Verdienst von sieben Jahren. Sieben lange arbeitsreiche Jahre bei hoffentlich guter Gesundheit, mit nur dem notwendigsten Essen, keinerlei Leckerbissen und auch keinem Sake oder Tabak. Sieben einschränkungsreiche Jahre für ein Wolkenschloss. Aber trotz all dieser Entbehrungen schreckte der Mann nicht zurück: »Einmal bei ihr ruhen dürfen, dann kann ich sagen, dass mein Leben einen Sinn gehabt hat und ich nicht umsonst auf diese Welt gekommen bin.«

Dieser Gedanke füllte seine Tage und Nächte, sein ganzes Sein, er arbeitete und sparte, die Götter waren ihm gnädig und schenkten ihm Gesundheit, und tatsächlich hatte er nach sieben Jahren die erforderliche Summe zusammengebracht.

»Ob sie wohl einwilligt? Sie soll nur große Herren annehmen. Ich muss gehen und mit ihr reden, vielleicht gewährt sie mir ihre Gunst.«

Und die Antwort, vor der sich der Knecht so gefürchtet hatte, fiel zu seinen Gunsten aus. Die schöne Frau empfing den einfachen Freier mit Freundlichkeit, und endlich wurde sein Herzenswunsch erfüllt: er durfte eine Nacht bei der begehrten Kurtisane verbringen.

Am nächsten Morgen, als er sich zum Abschied und Aufbruch rüstete, sagte er, da er ein aufrichtiger Mensch war: »Ich danke dir für ein unvergessliches Erlebnis. Nun will ich dir noch sagen, dass ich kein reicher Herr bin, sondern nur ein armer Knecht. Du warst gut zu mir und hast mir den größten Wunsch im Leben erfüllt. Dafür will ich dir immer dankbar sein. Mein Lohn ist nur gering, und du musst wissen, dass ich sieben Jahre gebraucht habe, um das Geld zusammenzusparen, damit ich mich dir nähern konnte. Nun will ich wieder sieben Jahre arbeiten und sparen. Bleibe du, schöne Frau, gesund, auch ich will auf mich aufpassen, und wenn mir das Glück hold ist, kann ich dich in sieben Jahren wiederum treffen. Darauf freue ich mich jetzt schon. Nun lebe wohl, ich muss jetzt gehen!«

Die Kurtisane betrachtete den Knecht nachdenklich, dann sprach sie: »Warte ein Weilchen!« Der Besucher war bereits an der Tür, und er verhielt den Schritt. Die Frau fuhr fort: »So wie du hat mich noch kein Besucher begehrt. Noch nie hat jemand für mich lange Jahre seines Lebens geopfert und auf alles andere Wohlleben verzichtet. Noch niemals hat ein Mann mich so aus Herzensgrund wertgeschätzt. Höre, ich mache dir einen Vorschlag. Bleib bei mir, ich will für dich arbeiten. Du brauchst niemandem mehr den Knecht zu machen.«

Der junge Mann ließ sich herzlich gerne überreden. Er durfte bei der angebeteten Frau bleiben. Aus den beiden wurde ein Paar und sie verbrachten ihre Tage in Freude und Zuneigung miteinander, so erzählt man.

Anmerkung:
Ryô: Große Goldmünze in der Edozeit. Die Edozeit war die Epoche, in der die Familie Tokugawa regierte. Es gab 15 Tokugawa-Militärgouverneure *(shôgun)*, die Japan verwalteten. Diese Epoche dauerte von 1603–1867. Anschließend wurde das Land für die Ausländer, die es länger als 250 Jahre lang nicht betreten durften, wieder geöffnet, und der japanische Kaiser, in diesem Falle Kaiser Meiji (Mutsuhito, 1852–1912) regiert als 122. Tenno das Land.

Wie ein aji seine Frau aus dem Totenreich zurückholte

(IKIKAETTA YOME-SAN)

Vor vielen Jahren lebten auf einer Insel der junge Edelmann Agaripatoruma und seine Frau Fumukaji. Beide stammten aus guten Familien und hatten eine wohlbehütete Kindheit genossen. Als sie das rechte Alter erreicht hatten, vermählte man sie, und auf diesem Beschluss der Eltern ruhte der Segen: die jungen Leute liebten und achteten sich und wurden zu einem Paar, wie man es selten so einträchtig gesehen hatte.

Aber ihr häusliches Glück durfte nicht lange dauern. Es brach Krieg aus, und der *aji*, der gewandt mit Bogen und Schwert umzugehen verstand, musste sich an die Spitze der Männer der Insel stellen und in die Schlacht ziehen. Agaripatoruma rief vor dem Abschied seine Frau zu sich und sprach: »Sieh hier auf dem Hausaltar die Schale mit frischem Wasser. Solange dieses Wasser klar ist, geht es mir gut. Wenn es sich aber trüben sollte, dann weißt du, dass ich nicht mehr heimkommen werde!« Er umarmte seine Frau noch einmal, dann ging er.

Nun traf es sich, dass ein Gott gerade eben dieses Gespräch zwischen den Gatten belauscht hatte, und er beschloss, die Liebe der beiden zu prüfen. Er begab sich auf das Schlachtfeld und nahm die Gestalt eines kleinen, rothaarigen Kindes an. Er tanzte vor dem jungen *aji*, der unter dem angreifenden Feind wütete und ihn zurückdrängte, wie ein Irrwisch herum, verwirrte ihn und kratzte ihn am Bein. Der Krieger wollte ausweichen, und im Eifer des Gefechtes streifte er sich mit dem eigenen Schwert leicht am Fuß. Rotes Blut quoll hervor, und im selben Augenblick war der störende Kleine spurlos verschwunden.

Auch an diesem Tag betete Fumukaji am Hausaltar um die sichere Heimkehr ihres Gatten. Sie hatte seine Worte beim Abschied niemals vergessen und schaute gleich nach der kleinen Schale mit dem hellen Wasser. Und sie erschrak: Das Wasser, das bis jetzt immer klar wie ein Spiegel geglänzt hatte, war leicht rot verfärbt! Sie griff sich ans Herz, und die Sinne wollten sie schier verlassen: »Der *aji*, mein lieber Mann, er ist nicht mehr!« stieß sie mühsam hervor. Vor ihren Augen wurde es dunkel, die Verzweiflung überwältigte sie, und da ihr ein Leben ohne den Gatten sinnlos vorkam, legte sie kurz entschlossen selber Hand an sich und schied aus dieser Welt.

Der junge *aji*, der keine Ahnung davon hatte, was bei ihm daheim vorgefallen war, kehrte nach siegreicher Schlacht fliegenden Fußes nach Hause zurück. Aber kein Mensch empfing ihn an der Haustür, er eilte ins Haus, und im Schlafzimmer fand er nur mehr die sterbliche Hülle seiner Frau vor. Betroffen schrie er auf: »Mein Liebes, oh meine Fumukaji!« Er nahm die Geliebte in die Arme und rief ihren Namen, bis ihm die Stimme brechen wollte, aber keine Antwort wurde ihm zuteil. Stumm ruhte der Körper an seiner Brust.

Agaripatoruma weinte, bis er keine Tränen mehr hatte, dann aber fasste er sich und ging zu einer weisen Frau im Nachbardorf. Er erklärte, was vorgefallen war und bat: »Mutter, ich flehe dich an, sag mir einen Weg, wie ich meine Frau wieder lebendig machen kann!« Die *yuta* betrachtete den jungen Mann gedankenvoll, dann bereitete sie den Göttern Opfer, zündete Weihrauch an und begann mit ihren Beschwörungen. Hoch reckte sie die Hände und murmelte die notwendigen Anrufungen an die Götter der Erde und des Himmels, und nach langen Mühen hatte sie endlich eine Antwort. Erschöpft von ihrem Ringen mit den Himmlischen drehte sie sich zu dem *aji* und sprach: »Wenn du eine reine Seele hast, wenn du eine schöne und tapfere Seele hast, dann besteige ein Pferd, das 1000 *ri* überwinden kann. Lass es laufen, und dort, wo es von selber stehen bleibt, tue das Richtige!« Die weise Frau gab ihrem Besucher noch manchen Ratschlag, dann entließ sie ihn.

Der *aji* dachte sogleich an sein weißes Pferd. Es war klein und gedrungen, aber von großer Ausdauer, und er meinte, dass es wohl 1000 *ri* laufen würde. Er eilte zum Pferdestall, streichelte liebevoll das Tier und schwang sich auf seinen Rücken: »Vorwärts!« Der Schimmel bäumte sich auf, hell klang sein Wiehern bis in den hohen Himmel, die Hufe schlugen Funken, und mit einem gewaltigen Satz stürmte er ins Freie. Jeder Sprung brachte Ross und Reiter einen *ri* vorwärts, es ging durch Dörfer und Wälder, über Berg und Tal, und nie wurde das weiße Pferd müde.

Der helle Tag wandelte sich in ein Dunkel, ringsumher hüllte sich alles in graue Dämmerung. Da blieb das Pferd stehen. Der *aji* schaute sich um, und er sah, dass sich vor ihm ein Kranker am Boden krümmte. Sein Körper war über und über mit Schwären und Eiterbeulen bedeckt, er schien große Schmerzen zu haben. Der Leidende schaute auf zu ihm und fragte mühsam: »Wohin eilst du denn so sehr?« – »Ich suche meine Gattin. Hast du nicht eine Frau mit weißem Handtuch gesehen?« Unter Stöhnen kam die Antwort: »Wenn du mir meinen wehen Körper sauberleckst, will ich dir Auskunft geben!«

Ohne Zögern stieg der junge Mann vom Pferd und tat mitleidig das Verlangte. Der Kranke weinte heiße Tränen: »Du bist ein guter Mensch, und ich will dir gerne helfen.

Blicke dorthin und sieh die *Niira*-Straße. Die musst du weiterreiten!« Er wies mit der Hand, und der *aji* konnte in der gezeigten Richtung sehen, wie eine schmale, goldglänzende Straße in der Finsternis leuchtete. Wie ein Band war sie und führte bergauf, bergab. Er sprang wieder auf sein Ross und lenkte es auf die *Niira*-Straße. Wolkenweich war dieser Pfad, und er schwankte unter den Hufen des Pferdes.

Da stellten sich plötzlich zwei Stiere in seinen Weg und versperrten den Durchgang. Es waren gewaltig große Tiere, größer als ein Haus, und sie senkten drohend die mächtigen Hörner. Ihre blutunterlaufenen Augen sagten deutlich, dass mit ihnen nicht zu spaßen war. Der *aji* dachte an die Anweisungen der *yuta*, er schloss still seine Augen und wartete. Und bald wurde das markerschütternde Gebrüll der Bestien immer ferner, schließlich verschwanden auch sie selber ganz.

Das weiße Pferdchen galoppierte weiter, jedoch zeigte sich schon schnell das nächste Hindernis. Zwei riesige Felsen, jeder auf einer Seite der *Niira*-Straße, fuhren mit ohrenbetäubendem Krachen, das fast den Himmel spalten wollte, gegeneinander und drohten, jeden, der die Straße entlang kam, zu zermalmen. Der Reitersmann schloss auch hier ruhig und ohne Angst die Augen, und tatsächlich hörte das Toben auf, und die Straße wurde frei.

Nun zerflatterte die Finsternis und machte einem tiefen Grün Platz. Leises Singen war zu vernehmen, die Straße führte in diese Richtung, sie nahm allmählich die Farben des Regenbogens an und endete schließlich an einem zinnoberroten Tor. Der *aji* ritt hindurch, wunderbares, überirdisches Licht erstrahlte, er war zum Wohnsitz der Götter gekommen. Viele Götter wohnten dort, er sah Götter, die in den heiligen Schriften lasen und auch Götter, die sich am Brettspiel erfreuten. Ihre Welt hat viel Ähnlichkeit mit der

Welt der Menschen, aber sie ist ewig friedvoll und ewig schön.

Der Reiter band sein Pferd an einen Maulbeerbaum, der vor einem großen Anwesen stand, dann trat er in das Haus hinein. Drinnen saßen Götter, und der junge Mann verneigte sich grüßend vor einem jeden. Da erschien eine Frau und ging zu dem weißen Ross. Freundlich rieb sie ihm die schweißglänzenden Flanken trocken. Sie pflückte Maulbeerblätter, reichte sie ihm zur Speise und sagte zärtlich: »Weißes Pferdchen, bist du nun auch zum Sitz der Götter gekommen? Liebes Pferdchen, wo ist denn dein Herr? Warum kann ich den jungen *aji* nicht entdecken?« Sie streichelte das Tier und ihre Augen füllten sich mit Tränen. Der Edelmann hatte alles gesehen, und plötzlich fiel es ihm wie Schuppen von den Augen. Er zitterte am ganzen Körper. Da stand sie ja, die schwarzen, glänzenden Haare reichten ihr bis auf die Hüften, das war sie, seine Fumukaji! Er eilte hin zu dem Maulbeerbaum, es galt nun, die Seele seiner Frau zurückzuholen. Er näherte sich ihr von der linken Seite, umfasste sie, schwang sich mit ihr auf das weiße Pferd, schloss fest die Augen und galoppierte in rasender Geschwindigkeit die vorhin gekommene Straße zurück.

Bald schon erreichte er sein Heim, aber die Gestalt seiner Frau, die er bis jetzt fest in den Armen gehalten hatte, war verschwunden. Auf dem Rücken des Pferdes saß nur noch eine Fliege. Vorsichtig fasste Agaripatoruma diese Fliege, trug sie zum Leichnam seiner Frau und brachte sie ganz nahe an die Nase der Toten. Und da geschah ein Wunder: Mit lautem Niesen erwachte Fumukaji, sie schien wie aus tiefem Schlaf erwacht. Sie sah ihren Mann neben sich und sagte froh: »Du warst lange im Krieg!« Dann fielen sich die beiden in die Arme und wollten nimmer von einander lassen.

Ihr Leben war gesegnet, sie hatten viele wohlgeratene Kinder und lebten glücklich und zufrieden bis ins hohe Alter.

Liebe ist stark, und wenn sie stark genug ist, lassen sich alle Schwierigkeiten überwinden. Sogar die Götter wollen dann helfen, so erzählen die Menschen auf den Miyako-Inseln.

Anmerkung:
yuta: Eine weise Frau, Schamanin
ri: Ein Längenmaß, circa 4 km
Niira-Straße: Eine sagenhafte Straße, die nach *Nirai Kanai,* der Welt der Götter, führt. Für die Menschen von Okinawa ist *Nirai Kanai* das Paradies, das auf dem Meeresgrund liegt und in das die Verstorbenen einziehen.

Von den Göttern beschützt

(unarikami to nansen)

Vor vielen Jahren lebte einmal ein junges Ehepaar. Der Mann verdiente seinen Lebensunterhalt als Fischer, und eines Tages, als er wieder einmal seiner Arbeit nachging, geschah ein Unglück. Er war mit dem Boot hinaus aufs Meer gerudert, plötzlich schlug ohne Warnung das Wetter um, und Sturm kam auf. Das kleine Schiffchen wurde von den Wellen hin und hergeworfen, und schließlich kenterte es. Der Mann war hilflos den Elementen preisgegeben.

Eine Woche verging, das Meer hatte sich schon lange wieder beruhigt, der Fischer kam jedoch nicht nach Hause. Seine Frau machte sich große Sorgen, und sie weinte verzweifelt: »Lieber Mann, komm zu mir zurück, lass dich vom Südwind zu mir nach Hause treiben!« Sie wartete, wider alle Hoffnung wartete sie, der Fischer aber war und blieb verschollen.

»Ich lasse die Haustür immer offen für dich, du kannst jederzeit herein, o komm nur wieder heim, du mein Allerliebster!«

Ihr Bitten drang zum Himmel, das Grübeln über ihren Mann füllte die Tage und Nächte, sie konnte nur an ihn denken, und in jedem wachen Augenblick bestürmte sie die Götter um Hilfe. Sie ging zum Strand und schaute hinaus auf das endlose Meer, sie sank weinend in den Sand, aber sie gab nie die Hoffnung auf. Der so sehr Herbeigesehnte jedoch zeigte sich nicht.

»Sieh, mein Liebster, ich habe die Schlafmatten ausgebreitet und die Kopfstützen nebeneinander gestellt, ich warte auf dich, so komm doch!« Die junge Frau wollte sich nicht eingestehen, auch nach drei langen Monaten nicht, dass sie das traurige Schicksal so vieler Frauen von Fischern und Seefahrern teilen sollte. Sie suchte Hilfe bei den Himmlischen.

Und eines Abends trat das Unglaubliche ein: Sie hatte sich in den Schlaf geweint, aber ihre Seele war wach und wartete, da hörte sie Schritte, die sich ihrem Nachtlager näherten, und sie fuhr auf. Der Geliebte stand vor ihr, er war endlich heimgekommen! Sie wollte zuerst ihren Augen nicht trauen, dann aber fiel sie ihrem Mann mit einem Aufschrei in die Arme: »Du bist wieder da, du bist wieder da!« Mehr konnte sie vorerst nicht hervorbringen. Der Fischer drückte seine Frau innig an sich, und als sie sich ein wenig beruhigt hatte, fragte sie: »Mein Liebster, wo warst du denn die ganze Zeit, was hast du alles durchgemacht?« Und der Heimgekehrte berichtete: »Als mein Boot umgeschlagen und versunken war, meinte ich, nun sei ich verloren. Aber ich hatte Glück im Unglück. Ein mächtiger Baum trieb auf den Wellen, ich konnte mich an ihm festklammern und dann hochziehen. Lange Tage habe ich auf diesem Treibholz gelebt, es müssen drei Monate sein. Zur Speise habe ich mir Meerestiere, die die Strömung an mir vorbeitrug, mit den Händen gefangen. Manchmal bin ich auch auf Felsen geklettert und habe Muscheln, die bei Ebbe freilagen, abgekratzt und gegessen. Dort konnte ich auch Regenwasser, das sich in kleinen Gruben angesammelt hatte, finden. Auf diese Weise habe ich irgendwie überlebt, und nun hat mich die Strömung wieder zu unserer Insel getragen.«

Die Frau konnte sich nicht sattsehen an ihrem so wunderbar heimgekehrten Mann. Sie musste ihn immer wieder anschauen, und nun merkte sie, wie auf seinem Rücken dicht an dicht viele kleine Muscheln saßen!

Die Nachricht von der glücklichen Heimkehr des Fischers verbreitete sich wie ein Lauffeuer, und jeder schrieb seine Rettung den inbrünstigen Gebeten seiner Frau zu. Und seit dieser Zeit sagt man, wenn eine Ehefrau aus tiefster Seele um ihren Mann betet, haben diese Gebete Kraft. Die Götter lassen sich rühren und erfüllen ihre Bitte.

Schicksal

(fûfu no innen)

Bei der Hochzeitsfeier trägt die Braut über ihrer festlichen Frisur eine Haube, die angeblich die Hörner der jungen Frau verdeckt. Es soll nun hier nicht weiter erörtert werden, warum die Braut Hörner hat, und weshalb die verhüllt werden müssen, sondern die Frage ist, wo diese Brauthaube ihren Ursprung hat.

Vor vielen Jahren lebte einmal ein junger Mann. Der meinte eines Tages, dass auch für ihn nun allmählich die Zeit gekommen sei, sich nach einer Frau umzusehen. Und da er ganz sicher gehen und die bestmögliche Wahl treffen wollte, begab er sich zu einem Wahrsager und fragte den um Rat. Der Seher betrachtete sich den Heiratskandidaten eine kleine Weile, dann meinte er: »Ich glaube, ich weiß, wo du deine zukünftige Frau finden wirst, wir müssen an einen Ort gehen, an dem sich viele Menschen versammeln. Dann werden wir sie schon entdecken, deine Braut!«

Die beiden begaben sich auf den Marktplatz, dort, wo man allerlei Waren kauft und verkauft. Sie gingen den großen Platz ab, wieder und wieder, sie suchten den ganzen langen Tag, die künftige Braut aber wollte sich nicht zeigen. Endlich erreichten sie einen Stand, an dem eine Frau und ihre kleine Tochter Sojabohnensprossen zum Verkauf anboten. Hier blieb der Wahrsager mit einem Ruck stehen und sprach: »Da, dieses Mädchen, das wirst du heiraten!« Der Jüngling sah das Kind, er war enttäuscht und schrie ergrimmt: »Was redest du für einen Unsinn, wie kann so eine kleine Rotznase meine Frau werden? Geh zum

Kuckuck mit deiner Weisheit, du Scharlatan!« Und in seinem Zorn vergaß er sich so weit, dass er das verschreckt dastehende Kind mit der Faust ins Gesicht schlug.

Der junge Mann trollte sich nach Hause, die Heiraterei war ihm vorerst verleidet, nach einigen Jahren aber änderte sich sein Sinn, es verlangte ihn doch nach Weib und Kind. Und wieder ging er auf Freiersfüßen. Die Partie wurde zwischen den Familien abgesprochen, der glückliche Tag zog herauf, und die Braut wurde in sein Heim geleitet. Sie war festlich geschmückt, auf dem Haupt aber trug sie eine bislang noch nicht gesehene Haube, die ihr auch die Stirn verhüllte.

Der Bräutigam fragte verwundert: »Warum trägst du denn so ein Ding auf dem Kopf?«

»Lieber Mann, das hat folgenden Grund: Als ich noch ein kleines Mädchen war, habe ich einmal mit meiner Mutter auf dem Markt Bohnensprossen verkauft. Und damals ist an unserm Stand ein sonderbarer Mann aufgetaucht, der hat mich ohne jede Ursache mit der Faust an die Stirn geschlagen. Die Verletzung ist schon lange abgeheilt, es ist jedoch eine hässliche Narbe zurückgeblieben, die ich verdecken möchte. Und deshalb trage ich diese Haube.«

Dem Mann fiel es bei den Worten der jungen Frau wie Schuppen von den Augen, er schämte sich so, dass er am liebsten im Boden versunken wäre, und er sagte: »Was ich damals angerichtet habe, verfolgt mich bis auf den heutigen Tag. Niemand kann seinem bestimmten Schicksal entgehen, wie sollte ich eine Ausnahme sein? Nun ist die Kleine von damals also tatsächlich meine Frau geworden, der Wahrsager hat richtig geweissagt!«

Zuallererst leistete er seiner Braut Abbitte, dann eilte er zu dem weisen Mann und zollte ihm den überfälligen Dank. Er ging in sich und zügelte vor allen Dingen seinen Jähzorn.

Die jungen Leute waren sich bald sehr in Liebe zugetan und lebten ein gutes Leben zusammen. Sie durften sich an wohlgeratenen Kindern freuen, und ihr Fleiß verhalf ihnen zu behaglichem Wohlstand.

Anmerkung:
Diese Erzählung vom »*Schicksal*« spielt auf der Insel Obama, die zum Yaeyama Archipel gehört. Die folgende Geschichte »*Der rote Faden zwischen Mann und Frau*« ist auf der Okinawa Hauptinsel erzählt worden.
Die jeweiligen Verletzungen, die die zukünftige Braut von unwilligen Bräutigam erleiden muss, sind verschieden, aber die beiden Menschen, die zusammenkommen sollen, kommen auch zusammen wie es die Götter gewollt haben.
Märchen dieser Art haben ihren Ursprung sehr wahrscheinlich in China und sind durch den Seeverkehr zwischen China und Ryûkyû in das kleine Inselland gelangt. Es gibt sie, in vielen Variationen, auf zahlreichen Inseln. Die Erzähler bezeichnen sie manchmal als »*tôbanashi*«, also als *Geschichten aus China.*

Haare zählen

(ke no kazu)

Vor vielen Jahren lebte einmal ein junger Mann. Er hatte sich vor kurzer Zeit verheiratet, und Braut und Bräutigam lebten glücklich zusammen ihr neues Leben. Nach zehn ungetrübten Tagen jedoch wurde ihr trautes Zusammensein jählings aufgestört, aus China nämlich kam vom dortigen Herrscher ein Befehl an bestimmte Männer in Ryûkyû, sich alsbald in der Hauptstadt des Reiches der Mitte zu versammeln. Auch an den frischgebackenen Ehemann erging dieser Aufruf, er sollte ebenfalls ein Mitglied dieser Mission sein.

Der ehrenvolle Auftrag kam ihm in seinem jungen Glück überhaupt nicht gelegen, aber wie sollte er es wagen, dem Befehl des Kaisers von China zu trotzen? Allerlei Gedanken gingen ihm im Kopf herum, und wenn er seine schöne Frau betrachtete, musste er denken: »Ob sie mir wohl gewogen bleibt?« Er überlegte hin und her, wie er sich ihrer Treue versichern könne, und endlich kam er auf eine Idee. Er sagte, und machte dazu ein recht strenges Gesicht: »Ich muss in dienstlicher Sache ins Land China reisen, ich will hoffen, dass du dir in der Zeit meiner Abwesenheit keinen Liebhaber zulegst!«

»Was sagst du denn, ich liebe nur dich, ich werde keinen anderen Mann anschauen.«

»Das will ich gerne glauben, es ist auch besser für dich. Denn ich merke sofort, wenn du etwas mit einem anderen Mann gehabt hast. Du musst nicht glauben, nur weil ich weit weg bin, kann ich das nicht gewahr werden. Ich habe nämlich, höre gut her, die Haare an deinem geheimen Platz gezählt. Wenn bei meiner Rückkehr nur ein einziges fehlen sollte, weiß ich Bescheid. Dann kenne ich mich nicht mehr!!«

Nach dieser eheherrlichen Ermahnung nahm er Abschied, begab sich auf die Fahrt nach China und ließ ein eingeschüchtertes Frauchen zurück.

Die Zeit verging, und ehe man sich versehen hatte, war ein ganzes Jahr verflossen. Die einsame Frau kam nie auf dumme Gedanken, sie kümmerte sich vorbildlich um ihren kleinen Haushalt, und vor allen Dingen wartete sie sehnsüchtig auf die Rückkehr ihres Gatten. Sie zählte die Tage, und endlich, endlich kam Kunde, dass das Schiff der Leute von Ryûkyû gesichtet worden sei. Sie befanden sich auf der Rückreise und sollten in wenigen Tagen im Heimathafen eintreffen. Die junge Frau freute sich unendlich auf ihren Mann. Und nun fielen ihr auch seine Worte beim Abschied wieder ein: »Ich habe deine Haare da unten gezählt und will hoffen, dass kein einziges fehlt.« Sie dachte zärtlich: »Was ist er doch für ein toller Mann! Nur zehn Tage lang waren wir verheiratet, und schon wusste er Bescheid. Ich habe ja selber keine Ahnung, wie viele Haare dort sind ... ... ich will sie einmal zählen.«

Sie ging in den Wald, hockte sich in einen geschützten Winkel, und begann, ihre verborgenen Haare zu zählen. Das soll gar nicht so einfach sein. Um den Überblick nicht zu verlieren, band sie jeweils zehn Stück mit Wurzelfasern einer Taropflanze, die dort zufällig wuchs, zusammen. Zehn Stück, zehn Stück, wieder zehn Stück, sie kam allmählich vorwärts in ihrer verzwickten Arbeit. Natürlich verzählte sie sich auch, sie musste sehr aufpassen, jedoch immerhin, mehr als die Hälfte war schon erledigt. Auf einmal aber kreischte jäh eine Braundrossel (*akahara*) im Gebüsch auf. Die junge

Frau fuhr zusammen und richtete sich schnell auf. Das aber hätte sie keinesfalls tun dürfen, denn durch den Ruck wurden die so wichtigen Haare, die sie zur Kontrolle festgebunden hatte, alle ausgerissen. Sie waren unwiederbringlich verloren. Die Frau erschrak heftig, und wenn sie an ihren Mann und seine Drohung dachte, wusste sie sich überhaupt nicht zu fassen. Sie konnte nur kopflos nach Hause rennen.

Daheim saß sie zuerst eine gute Weile zitternd in der Stube, dann aber begann sie, Mut zu fassen und ein wenig nachzudenken. »Ja, so mach ich's.« Mit diesen Worten ging sie hinüber zur alten Nachbarin. Die hatte ihr schon oft geholfen, vielleicht konnte sie ihr auch diesmal einen guten Rat geben. Aufgeregt berichtete sie von der Warnung ihres Mannes, wie sie selber überhaupt nichts angestellt hatte, und dann von dem heutigen Missgeschick. »Ach Mutter, ich glaube, er bringt mich um!« Und sie weinte laut auf.

Die Alte schaute sie gütig an: »Liebes Kind, das ist doch weiter gar kein Problem, ich will dir gerne helfen. Wenn dein Mann zurückgekommen ist, rufe mich hinüber in dein Haus. Bereite ein Festessen vor, empfange ihn freundlich, und gib mir Bescheid. Ich komme sogleich. Nun geh heim und beruhige dich.«

Einigermaßen getröstet ging die junge Frau und machte sich an die Vorbereitungen, um ihren Mann gut zu empfangen. Sie wirkte in der Küche und bereitete Leckerbissen vor. Es dauerte auch nicht mehr lange, und sie hörte seine Schritte am Hauseingang. Glücklich über seine gesunde Rückkehr, aber doch auch bedrückt wegen der bewussten kahlen Stelle am geheimen Ort, flog sie in seine Arme und zog ihn ins Zimmer. Gerne ließ er sich mit Essen und Trinken verwöhnen, und als er es sich richtig gemütlich gemacht hatte, sagte seine Frau: »Heute wollen wir ordentlich feiern. Ich bin ja so froh, dass du wohlbehalten zurückgekehrt bist. Ich geh geschwind und hole unsere alte Nachbarin herüber. Sie hat sich in der Zeit, in der du weg warst, so gut um mich bemüht!«

Die Alte kam sogleich und begrüßte den heimgekehrten Hausherrn freundlich. Sie ließ sich nieder und wurde reichlich bewirtet. Ihre Augen schweiften durch den Raum und blieben an einem alten, zerrupften, stellenweise schon fast kahlen Strohmantel, der an der Wand hing, haften. Sie seufzte und sagte: »Ach, so wie die Strohhalme nach und nach aus diesem Regenüberwurf herausfallen, so fallen auch die Haare am verborgenen Ort bei den Frauen aus. Mit der Zeit verschwinden sie wohl alle!«

Der Ehemann hörte verwundert zu, er bekam ganz runde Augen. Sein Plan schien nicht aufgehen zu wollen, die Dinge, die er sich als Zeugen eines Verrates ausgewählt hatte, wurden auch ohne besagten Verrat weniger! Er brummte ein wenig vor sich hin, seiner Frau aber war mit einem passenden Wort aus ihrem Dilemma herausgeholfen worden.

Anmerkung:
Der Kaiser von China wird mit *koten ganasu* oder auch *koten ganashi* bezeichnet.
Der König von Ryûkyû ist immer *ushû ganasu* oder auch *ushû ganashi*.
Soviel als Bemerkung zu den Titeln der Herrscher von China und Ryûkyû
Braundrossel: akahara = Turdus chrysolaus
Strohmantel: mino.
Taropflanze: Taro-Kartoffel = Colocasia antiquorum, auf Japanisch *satoimo*

Schicksal eines Jägersmannes

(KARIUDO NO UN)

Vor vielen Jahren lebte einmal ein junger Jäger. Er hatte große Freude an der Pirsch und ging, so oft es ihm möglich war, in den Wald, um Beute aufzuspüren. Er war bereits verheiratet, mit Kindern jedoch war das Paar noch nicht gesegnet.

Eines Tages machte er sich früh am Morgen fertig und wollte wieder einmal seiner liebsten Beschäftigung nachgehen. Er hatte gerade sein Haus verlassen, als ihn ein alter Mann aus der Nachbarschaft anhielt: »Geh heute nicht auf die Jagd, es lohnt sich diesmal überhaupt nicht!«

Der jüngere Mann antwortete kurz angebunden: »Was versteht denn ein Alter wie du vom Waidwerk? Lass mich in Frieden!« Der Greis aber wollte sich nicht abweisen lassen und setzte hinzu: »Auch wenn du gehst und dich noch so anstrengst, du wirst gerade eben eine ganze Taube und eine halbe heimbringen.«

»Willst du dich über mich lustig machen? Was soll das heißen, eine und eine halbe Taube? So ein Unsinn. Wenn du zwei Tauben gesagt hättest, wäre noch ein Sinn in deinem Gerede, aber so! Lass mich jetzt in Frieden und kümmere dich gefälligst um deinen eigenen Kram!« Der Weidmann wurde mehr und mehr aufgebracht und ließ den unbequemen Warner einfach stehen.

Er stieg in den Wald hinauf, und bald konnte er eine Wildtaube erbeuten. Dann aber kam ihm überhaupt nichts mehr ins Schussfeld, er mochte noch so suchen. Zu allem Überfluss fing es auch noch zu regnen an, er musste sich einen Unterstand suchen, um sich ein wenig vor dem prasselnden Schauer zu schützen. Finster hockte er unter dem Laubdach eines großen Baumes, als er plötzlich über sich ein ängstliches Geflatter hörte. Er blickte nach oben und sah, wie ein Wanderfalke eine Taube zerriss und sie zu verzehren begann Dabei fiel ihm die Hälfte seiner Beute aus den Fängen, und dieser halbe Vogel landete zuckend vor den Füßen des Jägers. Dem Mann ging ein Licht auf: »Der Nachbar hat die Wahrheit gesagt, nun habe ich in der Tat eine und eine halbe Taube. Er hat die Zukunft ganz richtig gewusst. Sollte er gar ein weiser Mann sein? Ich will gehen und ihn genau um mein Schicksal befragen!« Und er ließ die Jagd Jagd sein, eilte in sein Dorf zurück und suchte ohne Verzug den alten Mann auf.

»Vater, du hast mir heute Morgen geweissagt, dass ich auf der Jagd nur eine und eine halbe Taube erbeuten werde. Ich habe geglaubt, dass du dich über mich lustig machst. Nun ist aber deine Vorhersage richtig eingetroffen, ich habe den ganzen langen Tag nur einen einzigen Vogel schießen können. Als ich unter einem Baum saß, hat mir ein Falke eine halbe, zerrissene Taube vor die Füße fallen lassen. Nach diesem Erlebnis glaube ich fest, dass alles, was du sagst, seine Richtigkeit und einen tiefen Sinn hat. Ich bitte dich, weissage mir nun auch mein zukünftiges Leben!«

Der Alte blickte den Besucher durchdringend an, dann sprach er: »So höre denn, was ich dir zu sagen habe. Du schwebst in großer Gefahr. Du musst heute oder morgen das, was dir im Leben am allerliebsten ist, umbringen. Wenn du meinen Worten keinen Glauben schenkst und ihnen nicht folgst, wirst du diese Woche nicht überleben!«

Der Jäger erschrak mächtig, er ging bestürzt und ratlos nach Hause. Immer musste er denken: »Das Wichtigste sind mir mein Pferd und meine Frau. Wie kann ich eins von den beiden umbringen? Der Weissager aber redet die Wahrheit, das habe ich heute erfahren. Wenn ich nicht ausführe, was er sagt, bin ich binnen einer Woche ein toter Mann. Was mach ich nur, was mach ich nur?«

In seiner Not wendete er sich an seine Frau: »Das Wichtigste für mich auf der Welt sind du und das Pferd. Ich kann doch nicht dich, meine Frau, erschießen. Das Haustier hingegen, es tut mir zwar leid, aber es ist zu ersetzen. Ich bring das Pferd um!«

Schweren Herzens holte er seinen Bogen und schickte sich an, das Pferd zu erschießen. Das war jedoch nicht so einfach, denn das Tier verhielt sich merkwürdig: Es sank in die Knie, als ob es beten wolle, dann stellte es sich wieder auf, es wiederholte diese Bewegungen pausenlos, und es war dem Jäger nicht möglich, ein sicheres Ziel zu fassen.

»Ach, ich kann das arme Tier einfach nicht umbringen, schau nur, sieht es nicht aus, als ob es um sein Leben bitte?« klagte er seiner Frau. Diese erwiderte kühl: »Du willst doch ein Mann sein. Kannst du nicht einmal ein Haustier töten?«

Gerade als die Frau diese harten Worte sprach, hatte der Jäger endlich den Pfeil loslassen wollen. Entsetzt drehte er sich in ihre Richtung und rief: »Warum redest du so unbarmherzig? Hast du denn kein Mitleid mit dem Pferd?« Im gleichen Moment verließ der Pfeil die gespannte Bogensehne, und ehe der Jäger begriff, was eigentlich geschehen war, hatte das Geschoss die Brust der Frau durchbohrt, trat aus ihrem Rücken aus und fuhr in den Wandschrank, an den sie sich gelehnt hatte.

Sprachlos stand der Mann vor dem Unglück, er rief den Namen seiner Frau, aber sie war ganz und gar tot. Nun konnte er nur noch weinen. Nie hatte er geglaubt, dass es zu so einem Schlag kommen würde. Nach einer Weile fasste er sich ein wenig, ging zögernd hin zum Körper der Frau, und dort öffnete er auch den Wandschrank und blickte hinein. Nun konnte er sehen, wie ein fremder Mann mit einem Dolch in der Hand tot im Schrank kauerte. Der Pfeil hatte auch ihn durchbohrt und ihm den Garaus gemacht.

Nun begriff der Jäger: Seine Frau hatte einen Geliebten gehabt, und die beiden hatten den Verderb des Gatten geplant. Der Eindringling hatte sich im Wandschrank verborgen gehalten und auf eine günstige Gelegenheit gewartet, um den rechtmäßigen Ehemann umzubringen. Heute oder morgen hätte die grässliche Tat ausgeführt werden sollen!

Der knapp dem Verderben entronnene Mann dankte den Göttern wieder und wieder für seine wunderbare Rettung, er vergaß auch nicht, dem weisen Nachbarn gehörig Dank zu sagen. Ja, die Götter wissen alles, und wenn ein Mensch eine unerlaubte Tat plant, greifen die Himmlischen ein und bestrafen den Übeltäter. Das haben schon die Alten gewusst und immer wieder gewarnt, dass Schlechtigkeit sicherlich geahndet wird.

Ein totes Mädchen nimmt sich einen Mann

(shinda onna no mukotori)

Vor vielen Jahren lebte einmal ein ernsthafter junger Mann. Er arbeitete als Knecht in einem Haushalt, der dem Hofe des Königs angegliedert war. Er hatte ein reines Herz, war unbescholten und fleißig, und sein Herr hielt große Stücke auf ihn. Er hatte kein Verlangen nach dem Zeitvertreib junger Leute, ja, nicht einmal nach einer Braut hatte er sich bisher umsehen wollen.

Sein Arbeitgeber dachte: »Der Bursche ist übertrieben ernst, das will gar nicht zu seiner Jugend passen. Ich glaube, ich muss ihn einmal heißen, dass er sich amüsieren gehen soll.« Der Junge hatte keine Ahnung, was der Herr mit ›sich zerstreuen‹ sagen wollte, und wo man sich vergnügen konnte, das wusste er auch nicht. Der Herr gab ihm Geld und Weisung: »Du gehst dort und dort hin. Es gibt einen Ort, an dem man die *shamisen* zupft, fröhliche Lieder singt und junge Kerle wie dich sehr freundlich behandelt. Nun geh und probiere das aus!«

Der so Geheißene machte sich, großzügig mit Geld versorgt, auf, ging zu dem beschriebenen Platz, und von weitem schon schallte ihm Musik und Gesang entgegen. »Hier soll ich mich heute belustigen, hat der Meister gesagt!« Er zögerte noch ein wenig, dann ging er endlich in das Gebäude hinein. Er wurde gut empfangen, ein schönes Mädchen kam an seine Seite, und nachdem er seine Schüchternheit überwunden hatte, konnte er sich recht gut mit ihm unterhalten. Es ging viel leichter als er gedacht hatte. Schließlich wurden die beiden miteinander vertraut, und sie ruhten miteinander. Die Stunden vergingen wie im Flug, und für den jungen Mann kam die Zeit, ans Heimgehen zu denken.

Er wendete sich zu dem Mädchen: »Ich habe mich dank deiner sehr gut unterhalten. Nun muss ich aber wieder nach Hause gehen. Gerne will ich irgendwann wiederkommen. Bleibe bis zu diesem Wiedersehen gesund. Nun lebe wohl!«

Das Mädchen schaute ihn freundlich an und sprach: »Höre, ich muss dir etwas sagen. Ich bin schon vor einigen Wochen gestorben, ich bin also kein Mensch mehr wie du. Ich war bereits achtzehn Jahre alt gewesen, habe aber noch nie mit einem Mann Umgang gehabt. So bin ich zu den Göttern gekommen, und dieser Zustand hat den Himmlischen gar nicht gefallen. Ich bin deswegen sehr gerügt worden, und man hat mich hierher, in dieses Haus der Vergnügungen geschickt. Du warst nun heute sehr gut zu mir und hast mit mir geruht, nun endlich darf ich ins Paradies eingehen. Habe Dank. Ich bin nur mehr ein Geist und kann, auch wenn ich es wollte, nicht deine Frau werden. Ich will dir aber helfen, dass sich dir in Zukunft ein Mädchen wie ich, nein, ein noch besseres Mädchen, zuwendet. Das will ich herzlich gerne für dich tun.« Und sie schwieg.

Diese ungewöhnliche Eröffnung schien den jungen Mann merkwürdig wenig zu bedrücken, er hatte ganz andere Sorgen: Sein Herr, der ihm das Geld für die heutigen Ausgaben geschenkt hatte, war nämlich misstrauisch. Er argwöhnte, dass der Junge die Summe lieber sparen würde, anstatt sie bei den Mädchen auszugeben. Und deshalb wollte er einen deutlichen Beweis sehen, dass sein Knecht in der Tat das Freudenviertel besucht hatte. Der Junge berichtete der Schönen von dieser Bedingung und bat um irgendein Erinnerungsstück.

Sie antwortete sogleich: »Selbstverständlich helfe ich dir, hier, nimm dies«, und sie zog eine Haarnadel aus ihrer Frisur. Es war aber eine Haarnadel aus purem Gold, denn das Mädchen war einst die Tochter des Königs gewesen.

Die jungen Leute nahmen Abschied voneinander, der Jüngling ging heim und zeigte seinem Herrn das kostbare Wahrzeichen. Dieser warf nur einen einzigen Blick auf den Goldschmuck und schrie erschrocken auf: »Du schlechter Kerl, du bist ja gar nicht ins Blumenviertel gegangen, du lügst mich an, in Wirklichkeit hast du ein Grab beraubt. Wie solltest du denn je zu einer goldenen Haarnadel kommen? Vor kurzem ist die Tochter des Königs gestorben, du hast dich ins Grab der Prinzessin geschlichen und ihren Schmuck gestohlen!«

Der Herr war so aufgeregt, dass sich seine Worte überschlugen. Der Angeschuldigte stand zuerst stumm, dann ging ihm allmählich auf, was für ein Verbrechen man ihm anlastete, und er verteidigte sich: »Ich bin zu keinem Grab gegangen, und ich habe überhaupt nichts Unrechtes getan. Den Schmuck hat mir das Mädchen, mit dem ich schöne Stunden verbracht habe, gegeben, damit ich ihn dir, Herr, so wie du es gewünscht hast, zeigen kann. Das ist alles. Warum soll ich das Grab der Königstochter fleddern, ich bin nicht einmal in die Nähe des Friedhofes gekommen!«

Ein Wort gab das andere, der Herr wollte sich nicht überzeugen lassen, und der Knecht, der doch von keiner Schuld wusste, sagte: »Dieser Aufruhr ist mir zuwider, gehen wir doch zu dem Grab und schauen nach, ob es aufgebrochen ist. Ich selber sage ab jetzt überhaupt nichts mehr, es glaubt mir ja doch kein Mensch.« Und er verstummte.

Das Geschrei von dem vermeintlichen Grabraub war schon bis ans Ohr des Königs gedrungen. Es ging um sein

Kind, er wollte unbedingt wissen, was eigentlich vorgefallen war, und deshalb zogen alle auf den Friedhof hinaus. Vor der letzten Ruhestätte der Herrscherfamilie fragte der König den jungen Mann nach den Ereignissen im Freudenviertel, der zur Rede Gestellte jedoch gab keine Antwort und wendete sich ab. Der Fürst drohte aufgebracht: »Sag mir die Wahrheit oder ich lasse dich hinrichten, ja, ich werde dir den Kopf abschlagen lassen!«

Diese harten Worte waren noch nicht verklungen, als aus dem Grab heraus eine geisterhafte Stimme wehte: »Lasst den jungen Mann in Frieden. Er spricht die Wahrheit, ihm verdanke ich es, dass ich ins Paradies eingehen darf. Wenn ihr ihn aber weiterquält, seid ihr alle des Todes. Selbst Vater und Mutter will ich nicht schonen!«

Dann war es ganz still. Die Menge stand außerordentlich erschrocken. Die tote Prinzessin selber hatte für den Knecht gesprochen. Er hatte nicht gelogen, und jeder konnte sehen, dass das Grab unversehrt geblieben war. Niemand hatte es beraubt. Ein Schauer erfasste alle, man sprach Gebete, um den Geist der Königstochter zu beruhigen, dann gingen sie auseinander und nach Hause.

Der Herr, der seinen Knecht so verdächtigt hatte, wollte seinen Fehler wiedergutmachen, und er kümmerte sich um ihn wie um einen eigenen Sohn. Er hielt ihn stets wert, und als die richtige Zeit gekommen war, vermählte er ihn mit einem an Geist und Körper schönen Mädchen. Die jungen Leute wurden sehr glücklich und brachten es zu Reichtum und großem Ansehen.

Anmerkung:
shamisen: Auch *samisen* oder in Okinawa *sanshin* genannt, ein dreisaitiges Saitenzupfinstrument. Es hat eine ähnliche Form wie das Banjo.

Die Insel Kôri-jima

(Kôri-jima)

Die Vermählung zweier junger Leute ist der Beginn der Besiedelung von der Insel Kôri-jima. Einst gingen ein Jüngling und eine Jungfrau am Strand dieser kleinen Insel spazieren, und sie sahen, wie zwei Dugonge sich begatteten. So etwas war ihnen noch nie vor Augen gekommen, und sie meinten: »Das sieht aus, als ob es Spaß machen würde, komm, wir probieren das auch einmal!« Sie setzten ihren Vorsatz sogleich in die Tat um, und nach und nach wurden ihnen Kinder geboren. Das, so weiß man zu berichten, sollen die Ahnen der Menschen von Kôri-jima gewesen sein.

In späterer Zeit dann veranstaltete man auf der Insel für die Götter Nackt-Schreinfeste. Junge Burschen und Mädchen legten ihre Kleidung ab und wurden in den Schrein eingeschlossen. Die Disziplin soll aber arg gelitten haben, und deswegen wählte man an Stelle der jungen Leute das nächste Mal kleine Kinder. So wird berichtet!

Anmerkung:
Kôri-jima: Eine kleine Insel, die zur Gemeinde Nakijin auf Okinawa gehört.
Dugong: Malaiische Bezeichnung für die Gabelschwanzseekuh. Sie lebt in den südlichen Meeren und kann bis zu vier Meter lang werden. Das Dugong ist heute sehr selten.

Die auferstandene Braut

(shinda musume)

Vor vielen Jahren soll es gewesen sein. Eine reiche Familie besaß nur ein einziges Kind, eine Tochter. Im gleichen Haushalt lebte ein junger Mann, der sich seinen Lebensunterhalt als Knecht verdiente. Er war bereits als Kind zu dieser Familie gekommen, und da er ungefähr im selben Alter wie die Tochter stand, waren sie zu Spielgefährten geworden und hatten gemeinsam eine frohe Kindheit verbracht. Auch als sie erwachsen wurden, pflegten sie freundlichen Umgang miteinander, und ihre Vertrautheit blühte nach und nach zu einer zarten Liebe auf. Nun wollte es aber das Schicksal, dass die Jungfrau plötzlich schwer erkrankte, kein Arzt vermochte ihr zu helfen, und nach einigen wenigen Tagen lag sie auf der Totenbahre.

Die Trauer war groß, die Eltern weinten verzweifelt um ihr einziges Kind, es blieb ihnen aber nichts anderes übrig, sie mussten die Trauerfeier richten. Der Tag des Begräbnisses dämmerte auf, der starre Körper des Mädchens wurde eingesargt, auf den Friedhof geleitet und in das Familiengrab eingeschlossen.

Der junge Knecht litt unsäglich, das Licht in seinem Leben war verloschen. Am Tag nach der Trauerfeier eilte er noch vor den Eltern und Anverwandten zum ersten Besuch nach der Grablegung auf den Friedhof, er wollte seiner toten Liebe nahe sein, und an ihrer letzten Ruhestätte beten. Er kauerte vor dem Grabeingang und hing seinen Gedanken nach. Einige Grillen zirpten im Gras, und der Wind strich sanft durch die Bäume, sonst war es noch ganz still am frühen Morgen. Mit einem Male hörte er aus dem Grabe heraus ein Geräusch. Drinnen schien sich etwas zu bewegen. Bestürzt richtete er sich auf und hörte genauer hin. Ja, in der Tat, der Ton kam aus dem Gewölbe. Schnell stieß er die Pforte des Grabhauses auf, trat hinein, und sogleich konnte er im einfallenden Licht sehen, dass der Sargdeckel verschoben war. Hastig zerrte er den Sarg ins Freie, riss den Deckel ganz herunter, und nun durchfuhr es ihn erst kalt, dann heiß: Das Mädchen lebte, es atmete schwach und war totenbleich, aber es lebte!

»Wasser!« schoss es dem jungen Mann durch den Kopf. Gejagt blickte er sich um und wurde gewahr, dass auf dem Stein am Grabeingang oben in einer Vertiefung etwas Wasser funkelte. Er nahm einen Schluck davon in den Mund, näherte sich den Lippen des blassen Mädchens und flößte ihm die Flüssigkeit sorgsam ein. Es schluckte krampfhaft, sein Atem ging kräftiger, er wurde regelmäßig, und bald schlug es die Augen auf. Es war ins Leben zurückgekehrt. Und liebevoll schaute es seinen Retter an. Der Jüngling war überwältigt, er wollte fast nicht glauben, was er sah, und er hatte vor Freude keine Worte. Er wusste später nicht mehr zu sagen, wie sie beide nach Hause gekommen waren.

Die Familie daheim stand fassungslos, als sie die tot geglaubte Jungfrau sah. Vater und Mutter waren unbeschreiblich froh. Man war gerade dabei gewesen, sich auf die Gäste, die am Tag nach der Beerdigung das Trauerhaus besuchen, vorzubereiten. Klebreis für *mochi* war bereits in Wasser eingeweicht gewesen, aber nun sagten die Eltern: »Die Götter haben uns unser Kind wiedergeschenkt, wir wollen heute feiern. Ja, wir halten eine große Dankfeier ab!« Aus dem Klebreis stampfte man nicht Teig für Mochiklöße, wie man sie zum Besuch am Grab mitnehmen wollte, sondern man kochte daraus festlichen *sekihan*, den Reis mit roten *Azuki*-Bohnen. Auch viele andere Leckereien wurden vorbereitet und angeboten, die Familie wollte das ganze Dorf an ihrer Freude teilhaben lassen.

Die Tage vergingen, das blasse Mädchen erfreute sich bald wieder bester Gesundheit, und es war schöner denn je. Die Zeit kam, einen Mann für es zu bestimmen. Die Familie brauchte einen Nachfolger, und man beschloss, den Sohn von anderen Leuten an Kindesstatt anzunehmen, einen *yôshi*, und ihn mit der eigenen Tochter zu verheiraten. Der Hochzeitstag zog herauf, und in dem reichen Anwesen hatten sich Verwandte und Freunde versammelt, um die Vermählung feierlich zu begehen. Für den Knecht, der damals die Haustochter aus dem Grab befreit hatte, war es ein trauriger Tag. Seine Liebste sollte die Frau eines anderen werden. Er ging hinein in die Festversammlung, trat nahe hin zur Braut, die recht bedrückt aussah, und rezitierte:

»Hast du, o Schöne, das lebensspendende Wasser aus dem Stein schon vergessen?
Dort bei Azama war es einst geschehen!«
Es hörte sich an wie die erste Strophe eines Gedichtes, und nun sang die Braut die zweite zurück:
»Wie sollte ich es vergessen, das Wasser von Mund zu Mund?
Es war ein Versprechen bis in jene Welt hinein,
Und es möge sich in dieser doch erfüllen!«

Verwundert hörte jedermann diesen Wechsel, und die Familie wurde endlich gewahr, wie gut die beiden jungen Leute sich waren. Beinahe hätte man ein Unglück heraufbeschworen. Nach kurzer Beratung beschloss man, die beiden Liebenden zusammenzugeben. Der junge Mann, der heute der Bräutigam hätte werden sollen, trat großzügig zurück, und dann stand dem Glück der zwei Menschenkinder nichts mehr im Wege. Die Hochzeit wurde mit Pracht begangen, und das junge Paar wurde sehr glücklich. Auch die Eltern waren zufrieden, der Schwiegersohn war ein guter Mensch, und sie hatten nun endlich auch den so wichtigen männlichen Nachfolger, der die Familienlinie fortzusetzen vermochte.

Anmerkung:
Gräber in Okinawa: Große, in den Fels gehauene Höhlen mit Türen oder auch Mausoleen in Form von fensterlosen Häusern. Innen soll es zwei Kammern geben.
mochi: Reisklöße, die aus Klebreis gefertigt werden. Der gekochte Reis wird gestampft, dann formt man diese Masse zu Klößen
yôshi: Familien, die keinen Sohn, aber eine Tochter haben, adoptieren einen jungen Mann aus einer anderen Familie und verheiraten ihn dann mit der Tochter. Der neue Ehemann nimmt den Familiennamen seiner Frau an
Azama: Ortsname im Süden der Hauptinsel Okinawa. *Shimajiri-gun-Chinen-son-Azama:Shimajiri-gun,* das ist der Verwaltungskreis, *Chinen-son* ist das betreffende Dorf, *Azama* ist die Bezeichnung für die allernächste Nachbarschaft, also für einige Gehöfte oder Häuser

Bräutigamswahl

(Muko erabi)

Vor vielen Jahren lebten einmal zwei junge Männer. Der eine stammte aus reichem Hause, der andere jedoch war ärmlich aufgewachsen, seine Familie war nicht mit irdischen Gütern gesegnet. Die Jünglinge kamen ins heiratsfähige Alter, und wie es das Schicksal wollte, sie begehrten beide dasselbe Mädchen zur Frau. Die Eltern der Schönen waren in rechter Verlegenheit, denn sie wussten nicht, für welchen der Bewerber sie sich entscheiden sollten. Sie waren weise, und verstanden, dass Reichtum allein keine ausreichende Voraussetzung für eine glückliche Ehe ist.

Eines Tages nahmen sie ihre Tochter mit in den Wald, um Brennholz zu sammeln. Und sie beschlossen, bei dieser Gelegenheit die Freier auf die Probe zu stellen. Sie verbanden dem Mädchen das Bein, um dann zu behaupten, es habe sich im Wald so unglücklich verletzt, dass es, auch wenn die Wunde verheilt sei, wohl nie wieder richtig laufen könne. Der Vater trug die Tochter vom Wald bis nach Hause auf dem Rücken, und jeder konnte unterwegs sehen, dass etwas Ungewöhnliches vorgefallen sein musste. Die Leute fingen sogleich an, zu schwatzen und verbreiteten die Nachricht in Windeseile. Daheim angekommen ließen die Eltern sowohl den wohlhabenden wie auch den mittellosen Heiratskandidaten rufen.

»Also ihr beide habt Interesse an unserer Tochter. Wer nimmt sie nun?«

Der reiche Jüngling warf einen Blick auf das Mädchen, das mit schmerzverzogenem Gesicht auf seinem Bett saß und sagte ohne Nachdenken: »Eine Frau, die nicht mehr zu laufen imstande ist, kann ich nicht heiraten!« Und brüsk verließ er den Raum.

Sogleich fiel der Junge aus dürftigen Umständen ein: »Ich will eure Tochter gerne zur Frau nehmen. Ich liebe sie schon seit langem, und auch wenn sie nie mehr laufen kann, ich will sie heiraten!«

Die Eltern waren hocherfreut, und der Vater sagte: »Nimm unsere Tochter, wir geben sie dir gerne, denn bei dir ist sie wirklich gut aufgehoben. Du hast menschlich gesprochen. Auch wenn sie verkrüppelt zu sein scheint, hast du sie nicht verschmäht. Nun sieh her!« Die Mutter wickelte die Binden auf, und das völlig gesunde Bein kam zum Vorschein. Nicht einmal der kleinste Kratzer war auf der zarten Haut zu sehen!

Die Eltern hatten sich vergewissert, wer von den beiden Bewerbern der bessere Mensch war, ihre Unentschiedenheit war beseitigt, und bald wurde die Hochzeit mit dem Jungen aus armem Haus gefeiert.

Liebe soll Schwierigkeiten überwinden. Auch wenn die Frau krank wird oder ihre Jugendschönheit verliert, ist es wichtig, dass ihr Mann zu ihr hält. Wenn er sich daran erinnert, wie sehr er verliebt gewesen war, und wie er unbedingt dieses Mädchen zur Frau haben wollte, wird sich seine Zuneigung auch in schweren Zeiten nicht ändern. Die Eltern der Jungfrau hatten Achtung vor der festen Haltung des jungen Mannes, und sie sorgten dafür, dass Tochter und Schwiegersohn ihr gutes Auskommen hatten.

Die dankbaren Moskitos

(ka no enjo)

Wenn sich herumspricht, dass irgendwo ein schönes Mädchen lebt, rücken von überallher Männer an und begehren es zur Frau.

Ein junger Mann hatte kaum von einer seltenen Schönheit gehört, als er sich auch schon aufmachte, um sie zu freien. Kein Weg war ihm zu weit, er durchwanderte Berge und Täler, aber Verliebtheit kennt wohl keine Entfernung und scheut auch keine Mühe. Er erreichte ein Flüsschen und sah, wie über dem in der Sonne funkelnden Wasser zwei Moskitos ihren Hochzeitsreigen tanzten. Gebannt schaute er ihnen zu und seufzte ein wenig. Die Tierlein taumelten trunken umher, sie merkten nicht, dass sie das Wasser streiften und ihre Flügelchen feucht wurden. Durchnässt sanken sie nach unten, sie flatterten verzweifelt, sie konnten sich jedoch nicht mehr emporschwingen.

Der junge Mann sah ihre Not und sagte: »Ich bin auf dem Weg, um mir eine Frau zu suchen. So wie ihr Mann und Frau seid, will auch ich den Ehestand eingehen. Und weil ich euch bei eurer Hochzeit getroffen habe, will ich euch helfen.«

Mitleidig nahm er die Moskitos in seine Hände, wärmte sie, wartete, bis sie wieder trocken waren und entließ sie mit folgenden Worten: »Hört her, ihr Mücklein, ich habe euch geholfen, nun helft auch mir auf meiner Brautschau!« Und damit ging er weiter seines Weges.

Nach einer Weile kam er in die Nähe des Ortes, in dem das begehrte Mädchen wohnte. Kurz vor dem Dorf sah er, wie ein wunderschönes Mädchen in dem kleinen Fluss, der die ganze Zeit sein Wegbegleiter gewesen war, badete. »Das muss sie sein, die, und nur die will ich zur Frau!« Das Mädchen fasste seine Kleidung, bedeckte sich und rannte in ein Haus ganz in der Nähe. »Dort wohnt sie, ich will um ihre Hand bitten!« Und mit starken Schritten ging der junge Mann auf das Haus zu, in dem die Schöne verschwunden war. Und er erlebte eine Überraschung: Es gab zwei Töchter, und sie glichen sich wie ein Ei dem anderen!

Bestürzt murmelte er: »Welche, o welche nur habe ich vorhin beim Bad überrascht? Ich kann sie nicht auseinander halten.« Verwirrt wendete er sich mit seinem Anliegen an den Vater, der ihn recht freundlich empfangen hatte:

»Ich bin von weither gekommen, um dich um deine Tochter zu bitten.«

»Wo hast du sie denn gesehen?«

»Am Fluss, beim Bad.«

»Gut, wie du siehst, haben wir hier zwei gänzlich gleiche Mädchen. Ich will dir nun zwei Aufgaben stellen, und wenn du sie lösen kannst, sollst du uns als Schwiegersohn willkommen sein. Also erstens, welches Mädchen von den beiden hast du vorhin am Wasser gesehen? Sodann sollst du mir sagen, wie viele Stämme *Madake*-Bambus auf unserem Berg wachsen. Beantworte diese beiden Fragen, und deinem Glück steht nichts mehr im Wege!«

Der Freier stand ratlos und brachte vorerst kein Wort heraus. Die Mädchen kümmerten sich gastlich um ihn, sie brachten das Rauchzeug und die Sakebecher, und auch allerlei Leckerbissen wurden vorbereitet. Sie gingen geschäftig hin und her, sie waren sich so ähnlich, dass wahrscheinlich nur ihre Eltern sie auseinander zu halten vermochten.

In dieser Verlegenheit summte auf einmal ein Moskito herbei, kroch in das rechte Ohr des jungen Mannes und zirpte fein: »Die, die gerade den Krug bringt, das ist die Rechte!« Fast ohne eigenen Willen wiederholte der Belehrte: »Die eben den Krug trägt, das ist sie!«

»Richtig, so ist es, eine Aufgabe hast du gelöst«, lobte der Vater. Nun sage mir noch, wie viele Stämme *Madake*-Bambus in unserem Wald wachsen.«

Jetzt schlüpfte ein Moskito in das linke Ohr des jungen Mannes und summte: »Tausend Stämme, tausend Stämme!« »Ich glaube, ihr nennt tausend Stämme Bambus euer Eigen, ist es nicht so?« Der Bewerber hatte nun mehr Selbstvertrauen.

»Wieder richtig geraten!« Die Eltern staunten, aber Versprechen ist Versprechen, und schon bald wurde Hochzeit gefeiert. So erzählt man.

Anmerkung:
Madake-Bambus: Langknotige Bambussorte *(Phyllostachys bambusoides)*

Mit Salz die Gunst des Kaisers gewinnen

(Shio ga engi o maneku hanashi)

Schon seit alten Zeiten sagen wir bei uns in Okinawa, dass Salz Glück bringt. Hier ist eine Erzählung, die deutlich macht, warum wir eine solche Überlieferung haben.

Früher, wie das nun in unserer Zeit ist, weiß ich nicht, sollen die Männer in China oftmals zwanzig oder dreißig Frauen gehabt haben. Und der Kaiser dort besaß noch viel mehr, sicherlich waren es über vierzig. Wenn bekannt wurde, dass irgendwo in dem riesigen Reich ein ungewöhnlich schönes Mädchen lebte, wurde es sogleich in die Hauptstadt gebracht, um dem Landesherrn zu Diensten zu stehen. Der Kaiser ließ für seine Gespielinnen Wohnungen bauen, eine besondere Straße war auf beiden Seiten mit ganz gleichen Häusern besetzt, und in jedem einen davon hatte eine Nebenfrau ihren Sitz. Und am Abend, wenn die Sterne am Himmel erscheinen wollten, setzte sich der Herrscher auf sein Pferd, gab dem Tier mit der Peitsche einen Streich und ritt in diese Häuserzeile ein. Dort, wo das Pferd von selber stehen blieb, in dieser Wohnung und mit deren Bewohnerin verbrachte der Kaiser von China die Nacht. So war es seine Gewohnheit. So hielt er es für manches Jahr, auf einmal aber begann er, immer das gleiche Haus aufzusuchen. Nie mehr beehrte er eine andere Frau.

Nun lebte in einem Haus nahe zum Palast, an dem der Herr jeden Abend, ohne je anzuhalten, vorbeiritt, eine wunderbare Schönheit. Wer sie sah, musste zugeben, dass er noch nie ein solches Mädchen gesehen hatte. Sie sah nicht nur bezaubernd aus, sie war auch mit Witz und Verstand begabt. Die Leute in ihrer Umgebung wollten sich fast die Mäuler zerreißen: »Wer soll das verstehen, diese Frau ist doch viel besser als die, bei der der Kaiser Abend für Abend einkehrt. Er reitet hier immer nur vorbei und besucht ohne Fehl die da drunten. Es ist wie Hexerei!«

Die Schöne selber wunderte sich: »Ich sehe besser aus, das sagen alle, auch Köpfchen habe ich, mein Haus ist für die Majestät näher gelegen, aber trotzdem reitet sie stets bei mir vorbei und geht zu der anderen dort. Die Frau muss ein Geheimnis haben.«

Sie rief ihr Dienstmädchen und befahl: »Freunde dich mit der Bedienerin dort drüben an und horche sie aus. Ich will unbedingt wissen, warum der Kaiser nur dieses einzige Haus besucht.«

Die Zofe tat wie geheißen, sie näherte sich dem Dienstmädchen der Rivalin und bekam so Zugang zu deren Wohnung. Sie hielt die Augen offen und spionierte herum, musste aber bald feststellen, dass es gar nichts Besonderes gab. Im Gegenteil, die Favoritin verfügte weder über Besitz noch sonstige Vorteile, sie machte keinerlei Aufwand, und es war unerklärlich, warum der Kaiser einzig nur sie mit seinem Besuch beehrte.

»Herrin, es ist sonderbar und unverständlich. Es gibt kein Geheimnis, ich kann nachforschen soviel ich will. Drüben leben sie sogar fast ärmlich, und ich kann nicht begreifen, was den Herrscher so anzieht.«

Die Dame dachte bei sich: »Ich muss der Sache selber nachgehen, das Mädchen kann mir nicht helfen.«

Gegen Abend, als die Stunde, zu der der Kaiser vorbeizureiten pflegte, näher rückte, versteckte sie sich hinter ihrem Tor und wartete. Nach kurzer Zeit bemerkte sie, dass die andere vor ihr eigenes Haus getreten war und vorm Tor aus einer Schüssel Salz streute. »Weshalb streut sie Salz, was hat das zu bedeuten?«

Damals, in diesen alten Zeiten, wusste wahrscheinlich fast keiner, dass Pferde gerne Salz lecken, und deshalb begriff kein Mensch, warum das Tier immer just vor dem gleichen Haus anhielt.

»Merkwürdiges Tun, ich will es weiterhin beobachten. Diesmal verstehe ich noch nicht, warum sie das macht.«

Die Frau war nachdenklich, sie versteckte sich auch am kommenden Tag und passte auf, was die andere machte. Und wieder war es das gleiche: Sie streute Salz!

»Das ist es, so muss es sein, das Salz ist ihr Geheimnis, anders kann ich es mir nicht vorstellen.«

Am dritten Abend, als vom Palast her Hufegetrappel zu hören war, ging die Frau vor ihr Anwesen und streute am Tor Salz. Das Trappeln kam näher, vor ihrer Tür kam es zum Stillstand, und gleich darauf trat der Kaiser in ihr Haus!

Seit diesem Geschehen sagt man, dass Salz ein gutes Vorzeichen ist und das Glück ruft. Auch die Gasthäuser streuen Salz, um Gäste herbeizurufen. Das wisst ihr doch alle!

Der Köhler im Glück

(KOUN NA SUMIYAKI)

Vor vielen Jahren lebte auf dem Tako-Berg, das ist der Berg des großen Glücks, ein Kohlenbrenner. Er sortierte eines Tages seine fertige Holzkohle, und dabei fand er ein Stück, das seine Aufmerksamkeit erregte: »He, das sieht ja aus wie mein Werkzeug unten!« brummte er überrascht. »Unglaublich, in der Tat!« Er konnte sich gar nicht beruhigen, die Ähnlichkeit war wirklich verblüffend, er nahm den schwarzen Zweig, hielt ihn neben sein wichtigstes Teil und schickte sich an, beide Stücke genau zu vergleichen. Und wie er so beim Gucken und Staunen war, wuchs das Vergleichsstück mir nichts, dir nichts neben dem ursprünglichen Besitz fest!

Der Köhler fand sich nach einigen vergeblichen Versuchen, den Zusatz zu entfernen, mit der neuen Lage ab, es war sowieso nichts mehr zu ändern. Nach ein paar Tagen hatte er sich an den Gebrauch der Zwillinge gewöhnt, und endlich ging er wieder einmal nach Shuri, der Hauptstadt, um seine Holzkohle zu verkaufen.

Unterwegs musste er ein kleines Geschäft verrichten, und bei dieser geheimen Handlung beobachtete ihn ein Mädchen, ein Mädchen aus reichem Hause. Das Fräulein rief sogleich aus: »Das ist der Mann, der für mich bestimmt ist!« Es lud den Köhler ein, mit ihm nach Hause zu gehen, stellte ihn den Eltern vor und sagte: »Diesen Mann will ich heiraten!«

Die Eltern waren sehr froh, als sie ihr Kind so reden hörten. Sie hatten ihm schon manchen Kandidaten vorgeschlagen, die Tochter aber hatte sie alle abgelehnt. Vater und Mutter hatten bereits die Hoffnung, jemals zu einem Schwiegersohn zu kommen, aufgegeben. Jetzt aber freuten sie sich herzlich. »Ja, Liebes, wenn du das selber so willst, werde nur seine Frau!«

Die Hochzeit war damit beschlossene Sache. Das Mädchen sorgte dafür, dass der Köhler schöne Kleider erhielt und kümmerte sich auch sonst um alles, was der Mann zu einem bequemen Leben notwendig hatte. Dem Kohlenbrenner allerdings ging die ganze Sache ein wenig zu schnell, er war wie überrumpelt, er brauchte noch ein wenig Zeit und meinte: »Ich will vorerst noch in meiner Hütte im Wald schlafen. Und bevor ich ganz hierher komme, muss ich auch noch meine Sachen ordnen und meine alte Wohnung aufräumen.«

Damit machte er sich auf, um zu seiner bisherigen Wohnstätte zu gehen, und unterwegs traf er einen Freund, der auch Köhler war. Dieser sah den gutgekleideten Mann und meinte neidisch: »Dir scheint es ja gut zu gehen. Was ist denn in der Zwischenzeit passiert, bist du zu Geld gekommen?«

»Ja, stell dir vor!« Der Angeredete erzählte lang und breit, was ihm widerfahren war, von dem ungewöhnlich geformten Stück Holzkohle bis hin zu der bevorstehenden Hochzeit mit dem reichen Mädchen. »Es geht mir jetzt wirklich gut, ich denke, ich habe eine sorglose Zukunft vor mir. Also dann, lebe wohl!«

Der andere Köhler ging nach dieser Auskunft nachdenklich zu seiner Hütte zurück. Er überlegte hin und her: »Das muss sich doch nachmachen lassen. Ich werde, wenn ich das nächste Mal Kohlen gebrannt habe, ganz genau suchen, vielleicht finde ich auch so einen passenden Ast.«

Und jedes Mal, wenn er frische Holzkohle gebrannt hatte und den Meiler leerte, suchte er ganz sorgfältig unter seiner Ware. Jedes einzelne Stück nahm er in die Hand, drehte es um und um und prüfte es für seine Zwecke. Eines Tages endlich hatte er Glück und fand einen Zweig, der für seine Wünsche wie extra gemacht schien. Erfreut rief er aus: »Da ist ja ein passendes Stück, es sieht gerade so aus wie mein Ding, habt Dank, ihr Götter!«
Glücklich nahm er das langgesuchte Objekt auf, hob es verehrlich und dankbar hoch, und dabei muss es passiert sein: In seiner Dankbarkeit und Aufregung hob er entweder das kostbare Etwas zu hoch, oder aber neigte er sich selber zu weit nach vorn, auf jeden Fall kam die Holzkohle mit seiner Stirn in Berührung und klebte an. Sie klebte an, wuchs fest und war nicht mehr zu entfernen. So erzählt man! Merkt euch daher: Es ist nicht richtig, andere Leute und ihre Handlungen einfach nachzuahmen. Wie uns diese Geschichte lehrt, tut das nicht gut!

Anmerkung:
Man beachte die parallele Erzählung *Wie das Stirnband in Gebrauch gekommen ist.*
Es ist doch naheliegend, dass gewisse Werkzeuge für das Menschenvolk außerordentlich wichtig sind. Und es ist klar, dass das Thema auf den diversen Inseln gründlich »breitgetreten« worden ist. Und es gibt noch viele weitere Versionen über dieses Thema. Die wichtigen Werkzeuge bestehen aus verschiedenen Materialen, sie können »natura« sein, aus Holzkohle, oder aus vielen anderen Dingen bestehen. Wenn man es darauf anlegt, kann man zu diesem Thema ein ganzes Buch füllen. Und es gibt dann mitunter auch die ausdrückliche Moral, nämlich dass man andere Leute nicht nachahmen soll, weil man sonst selbst das Nachsehen hat!

Das Mandarinenten-Pärchen

(Oshidori-fûfu)

Vor vielen Jahren lebte einmal in einem gewissen Dorf ein alter Mann. Er war bereits über die siebzig hinaus, dabei noch sehr rüstig, und seine größte Freude war, jeden Tag in aller Frühe hinaus auf sein Feld zu gehen und es zu besorgen. Weder die kälteste Zeit im Winter noch die größte Hitze im Sommer konnten ihn davon abhalten. Er pflügte, säuberte den Boden vom Unkraut, grub Dünger unter und pflanzte, den ganzen lieben, langen Tag war er fleißig, und die Arbeit wurde ihm nie zuviel.

Der Alte hatte sein behagliches Auskommen, und es war eigentlich nicht notwendig, sich so anzustrengen. Dass er mit seiner Feldarbeit so fleißig war, hatte einen ganz anderen Grund.

Jeden Tag ging ein schönes, junges Mädchen den Weg am Acker des alten Mannes vorbei. Es war vielleicht achtzehn oder neunzehn Jahre alt, und es anzuschauen war eine Freude. Jedes Mal auffallend adrett gekleidet, war sein Gewand schlicht und ohne jeden Schmuck, jedoch peinlich sauber, die Jungfrau selber hatte feine, weiße Haut und konnte auf jegliche Schminke verzichten. Sie war eine Augenweide, und man konnte meinen, sie sei einem Bild entstiegen. Der alte Mann hatte die Siebzig überschritten, und er war nie auf den Gedanken gekommen, dem Mädchen den Hof machen zu wollen. Er freute sich ganz einfach aus der Ferne an der anmutigen Erscheinung, die täglich wie ein Traumbild an seinem Feld vorbeischwebte.

Das war alles, nur deswegen ging er Tag für Tag auf seinen Acker hinaus und arbeitete wie ein weit jüngerer Mann.

Es geschah eines Tages im Sommer. Vom frühen Morgen an hatte die Sonne vom wolkenlosen Himmel gebrannt. Der Alte schwang gerade in der heißesten Mittagszeit seine Hacke, und die Sonnenglut umloderte ihn. Da kam, wie jeden Tag auch, von drüben her das schöne Mädchen den Weg entlang, der Mann unterbrach seine Arbeit, lehnte sich auf den Stiel seiner Hacke und folgte glückselig mit den Augen der holden Gestalt.

Und wie er noch schaute und sich freute, bezog sich der Himmel ganz plötzlich mit schwarzen Wolken, ein kalter Wind kam auf, und im Nu prasselten schwere Regentropfen nieder. Ein gewaltiger Schauer ging über das Land. Es war mitten im Feld, kein Baum oder Haus bot Schutz vor dem Regen, das Mädchen war in Verlegenheit, es konnte nur zum Himmel aufschauen und seine Schritte beschleunigen.

Der alte Mann rannte hin zu ihm, riss sich den breitrandigen Strohhut vom Kopf und reichte ihn dem Mädchen, dann zog er schnell seine Jacke aus und hängte sie über seine Schultern. So konnte er es vor dem ärgsten Regen bewahren. Nach kurzer Zeit klarte sich der Himmel wieder auf, die Regenwolken zogen weiter. Die Sonne lachte, als ob nie etwas gewesen sei, und die Schöne bedankte sich mit freundlichen Worten für die zeitige Hilfe. Der Alte sagte verlegen:

»Es ist nichts, mein Kind, du brauchst dich nicht extra zu bedanken. Ich muss dir Dank sagen. Weißt du, ich habe weder Frau noch Kind, nicht einmal entfernte Verwandte. Wenn ich daheim bleibe, bin ich nur einsam und traurig. Deswegen komme ich jeden Tag hier auf meinen Acker und warte darauf, dass du bei mir vorbeigehst. Von ferne deine liebe Gestalt sehen, das ist meine Freude und gibt meinem

Leben einen Sinn. Erlaube mir, mich auch weiterhin von meinem Feld aus an dir zu erfreuen!« Er schaute das Mädchen freundlich aus seinen guten Augen an.

Die Angeredete war gerührt und antwortete nach kurzem Nachdenken: »Es tut mir leid, dass du ganz allein lebst, wenn es dir recht ist, komme ich zu dir als deine Frau.«

»Was sagst du, Kind! Ich könnte ja dein Großvater sein, so viele Jahre trennen uns. Ich bin dir dankbar für deine lieben Worte, aber ich will dich auf keinen Fall unglücklich machen. Was sollst du mit so einem alten Mann wie mir?«

Das Mädchen antwortete sogleich: »Auch ich bin ganz allein. Als kleines Kind schon habe ich Vater und Mutter verloren, und es gibt keinen Menschen, den ich Familie nennen kann. Du bist ehrlich und hast ein gutes Herz, das gefällt mir außerordentlich. Erlaube mir, bei dir zu bleiben.«

Der Alte hatte nur das Beste für das Mädchen gewollt, und deshalb das Angebot, als seine Frau zu ihm zu kommen, zuerst einmal abgelehnt. Da er nun aber sah, wie ernst es gemeint war, willigte er mit Freuden ein und beschloss, alles zu tun, um ihm zu einem guten und frohen Leben zu verhelfen. Er räusperte sich, stellte sich gerade hin und hielt förmlich um seine Hand an. Viele Jahre trennten sie, mehr als oftmals Eltern und Kinder trennen, sie wurden aber nach ihrer Hochzeit ein so glückliches Paar, wie man es selten gesehen hat. Jeder gemeinsame Tag war ihnen Freude und Geschenk, sie liebten und achteten einander von Herzen.

Wo großes Glück ist, tritt jedoch oft Neid und Missgunst auf. Ein paar junge Männer im Dorf, die sich schon lange in das schöne Mädchen vergafft hatten, wurden zornig, weil ein Greis ihnen vorgezogen worden war, und sie planten Böses. Sie glaubten, wenn der Alte aus dem Weg wäre, hätten sie leichtes Spiel mit der jungen Frau, und sie würde sich für einen von ihnen entscheiden.

Eines Tages luden die Burschen den alten Mann zum Fischen auf dem Fluss ein. Sie ruderten an eine Stelle, an der die Strömung gefährlich schnell floss, und auf ein verabredetes Zeichen hin zerrten sie den Alten hoch und warfen ihn ohne Zaudern ins Wasser. Er verschwand sogleich in den Wirbeln und wurde nicht mehr gesehen. Die bösen Kerle ruderten zurück zu ihrem Dorf und machten unschuldige Gesichter. Niemand konnte ihnen ansehen, dass sie eben gerade einen Menschen umgebracht hatten.

Die junge Frau wartete auf ihren Gatten, und weil er so gar nicht heimkommen wollte, ging sie hinaus, um Ausschau nach ihm zu halten. Sie traf auf die Burschen, die um ihr Haus herumlungerten, einer von ihnen trat zu ihr und sagte verschlagen:

»Liebe Frau, es tut uns sehr leid. Ein Unglück ist geschehen. Dein Mann wollte im Boot nicht ruhig sitzen bleiben, er hat sich aufgestellt, und da ist er auf einmal ins Wasser gestürzt. Es war an einer Stelle mit Stromschnellen, und er ist sofort hinuntergezogen worden. Selbstverständlich wollten wir ihm zu Hilfe kommen, es war aber nichts mehr zu machen!« Der böse Mensch brachte es sogar fertig, gerade in die Augen der wie erstarrt stehenden Frau zu blicken!

Schweren Schrittes, halb gelähmt von Schreck und Leid ging die junge Witwe in ihr Heim zurück. Ihr Jammer und Herzeleid drangen bis zum Himmel hoch, und sie grämte sich so, dass sie in wenigen Tagen nicht mehr sie selber war. Ihre Gestalt wurde fast durchsichtig, so sehr magerte sie ab. Einsam saß sie in ihrem Haus, wollte keine Speise mehr zu sich nehmen und keinen Menschen sehen. Sie betete nur noch ununterbrochen und innig um das Seelenheil ihres Gatten.

Nach mehreren Tagen jedoch raffte sie sich auf und ging auf vor Schwäche zitternden Beinen zum Haus eines der jungen Männer. Sie bat: »Bitte bringe mich zu dem Ort, an dem mein Mann ertrunken ist!« Der Bursche dachte: »Wenn sie dorthin geht, wo der Alte tatsächlich verschwunden ist, wird sie wohl jede Hoffnung aufgeben, sich trösten und bald einen anderen Mann nehmen wollen.« Er rief einen seiner Mitverschworenen, und die beiden ruderten die junge Frau zu dem Platz ihres Verbrechens. Sie kamen an, und als sie eben wieder mit ihrer Lügengeschichte anfangen wollten, stand die Frau plötzlich im Boot auf, drückte ihr Weihrauchkesselchen fest an die Brust und sprang ins Wasser. Die erschrockenen Männer folgten ihr sofort, sie war aber nicht mehr zu retten. Die Strudel hatten sie bereits erfasst und fortgeführt. Sie kam nicht mehr an die Oberfläche, und kein Mensch hat sie je wieder gesehen.

Am nächsten Tag aber erschien ein Mandarinenten-Pärchen auf dem Fluss, das bisher noch nie hier gewesen war. Die Vögel glitten vertraut nebeneinander auf dem Wasser und spielten miteinander. Die Bösewichte beredeten sich: »Das ist ganz bestimmt das ertrunkene Ehepaar. Wir müssen den Enten das Lebenslicht ausblasen!« Sie holten Pfeil und Bogen und versuchten, die Tierlein abzuschießen. Die Mandarinenten jedoch schwammen so glücklich Seite an Seite, sie waren so sehr das Bild ehelicher Eintracht, dass sogar die Mordkerle es nicht fertigbrachten, sie umzubringen. Geschlagen mussten sie Pfeil und Bogen niederlegen. Nicht nur das, allmählich begriffen sie, was sie angerichtet hatten und bereuten ihr Verbrechen zutiefst. Froh wurden sie nimmer, ihre schwere Schuld drückte sie ihr ganzes Leben lang, aber sie lernten, für das Glück der beiden Mandarinenten zu beten.

Ich liebe dich!

(koishii)

Vor vielen Jahren einmal verliebte sich eine junge Frau in einen Mann. Ihre Liebe wurde immer heftiger, sie wusste jedoch nicht, wie sie ihm ihre Leidenschaft mitteilen konnte, denn die weibliche Ehre und der Anstand verboten, dass sie den ersten Schritt tat. Sie sann hin und her, dann schrieb sie auf einen Zettel: ›du und ich‹, sonst nichts weiter. Diesen Streifen Papier tat sie, zusammen mit mehreren kleinen Steinen, in ein Beutelchen und händigte es dem Gegenstand ihrer Sehnsucht bei der nächsten Gelegenheit aus. Darauf ging sie verschämt ihres Weges.

Der Mann öffnete den Beutel und schaute hinein. Er wusste zuerst nicht, was er von dem merkwürdigen Geschenk halten solle und schüttelte ratlos den Kopf. Er war sich aber sicher, dass die Botschaft einen Sinn haben musste, dachte angestrengt nach, und allmählich wurde ihm ihr Sinn klar: »Es sind kleine Steine, *(ko-ishi)*, das muss ›geliebt‹ *(koishii)* bedeuten. ›Du und ich‹, hat sie geschrieben, das heißt dann zusammengesetzt, ›ich liebe dich und möchte dich gerne heiraten‹. Ja, nur so kann es sein!«

Dem Mann gefiel das Wortspiel und der Einfall, und da auch er die junge Frau gerne sah, bat er sie, als sich die beiden das nächste Mal trafen, seine Frau zu werden. Und damit hat diese Erzählung ein glückliches Ende!

Der böse, alte Wolf

(Damasareta Musume-san)

Vor vielen Jahren war einmal ein alter Mann beim Fischen. Und wie er so am Meeressaum seiner Arbeit nachging, kam ein zartes, schönes Mädchen an den Strand herunter. Es pflückte Herbstblumen und schlenderte ganz selbstvergessen immer näher hin zu dem Alten. Der sah die junge Schöne, Gier stieg in ihm hoch, und er fing an zu sinnen, sich das Mädchen zu eigen zu machen. Das Kind dachte an keinerlei Gefahr und fuhr ruhig damit fort, die Blumen, die am Gestade wuchsen, einzusammeln. Der Mann schaffte sich an seine Seite, glotzte ihm ins Gesicht, seufzte scheinheilig und sagte: »Du, du Mädchen!« – »Was ist denn, Großväterchen?« war die freundliche Antwort. – »Ach, Kindchen, als ich dich gesehen habe, hat mir sogleich das Herz wehgetan, ich halte es nicht aus, ich glaube, ich muss weinen!«

»Warum denn, Großväterchen, warum musst du weinen?« – »Liebchen, du sollst wissen, ich habe ein Enkeltöchterchen gehabt, das war ungefähr in deinem Alter. So ein liebes und gutes Kind. Und stell dir vor, das Mädchen ist krank geworden und gestorben. Wenn ich dich nun so sehe, überwältigt mich die Erinnerung. Denn ich glaube, die gleiche Krankheit hat auch dich angefallen. Ach, wie schade, wie schade!« Der Alte seufzte und quetschte ein paar Tränen hervor.

»Großväterchen, muss ich dann auch sterben, so wie deine Enkeltochter?«

»Kind, was weiß ich? Das Menschenschicksal ist ungewiss, schöne Blumen welken oft früh. Ich möchte dir gerne helfen, und ich glaube, es gibt eine Hoffnung für dich, eine einzige Hoffnung nur.« – »Liebes Alterchen, sage mir doch bitte, was ich tun muss. Ich möchte nicht weg von der Welt, ich bin noch so jung.« Das Mädchen schaute den Alten ernst und bittend an.

»Leck mal an deiner Hand, Fräuleinchen. Die wird sicher bitter schmecken. Das macht die Krankheit!«

Das Mädchen tat gehorsam, was ihm der Alte sagte. »Großväterchen, es schmeckt tatsächlich bitter!«

»Das habe ich gefürchtet. Mach dir aber weiter keine Sorgen. Ich bin imstande, deine Krankheit zu heilen. Komm, wir gehen dort unter den großen Felsen am Strand. Uns darf keiner sehen, sonst kann ich dir nicht helfen.«

Der Alte redete listig auf das Mädchen ein, führte es unter den Felsen und sagte weiter: »Nun leg dich rücklings hin, hier, nimm mein Oberkleid zum Kopfkissen!« Dem Kind gefiel das nicht, es war ängstlich, aber es dachte sich, dass alles besser sei als Sterben und machte, wie es der Mann befahl.

»Gut, gut so, und nun öffne die Beine!«

Es zögerte, aber wenn es dachte, dass ihm dadurch das Leben gerettet wurde, gehorchte es und machte, was der böse Alte sagte.

Und der frohlockte und nahm sich einfach, wonach es ihn so sehr verlangt hatte. Als er endlich zufrieden war, meinte er: »Für heute ist es genug. Komm in einer Woche wieder hierher, dann will ich die Behandlung fortsetzen.«

»Ja, Großväterchen, das verspreche ich dir«, antwortete das einfältige Mädchen.

Nach einer Woche trafen sich die beiden wieder, diesmal brachte der Alte einen Brei aus Süßkartoffeln mit und behauptete, das sei Arznei. Er hieß das Mädchen zuerst an dem süßen Brei schlecken, dann sagte er: »Leck mal an deiner Hand!« – »Großväterchen, das ist wunderbar, der bittere Geschmack von der letzten Woche ist gänzlich verschwunden. Meine Hand schmeckt jetzt süß.«

»Ah, du wirst wieder gesund werden. Wenn wir so wie schon einmal weitermachen, kommt alles in Ordnung!« Der Alte konnte fast das Grinsen nicht unterdrücken. »Wir werden auch heute die gleiche Behandlung wie in der vergangenen Woche vornehmen. Ich glaube, deine Krankheit vergeht schneller, als wir gedacht haben!«

Das Mädchen freute sich und überließ sich dem lüsternen Greis. Der tat genau das Gleiche wie beim ersten Mal, und schnaufte: »Es geht dir bereits viel besser!« Da wurde das Mädchen sehr froh, und als alles vorüber war, fragte es eifrig: »Großväterchen, wann soll ich wiederkommen?«

»Ach, das ist nun nicht mehr so wichtig, ich glaube, du bist geheilt, wir werden uns schon irgendwann mal wieder treffen.« Damit machte er sich auf den Heimweg.

Der Alte war in bester Laune, und wenn er daran dachte, was er erlebt hatte, konnte er es beinahe selber nicht glauben. Seine Wünsche waren in Erfüllung gegangen, er hatte sich an einem schönen, jungen Mädchen erfreut, und er brummelte zufrieden: »Und wenn ich jetzt plötzlich tot umfalle, ist auch nicht schlimm, was Besseres erleb ich eh nicht mehr«

Wie das späterhin mit dem ungleichen Paar geworden ist, darüber gibt es keine Berichte.

Die Jungfrauenquelle

(Nzomiji no musume)

Ganz im Norden vor der Hauptinsel Okinawa liegt ein lang gezogenes Eiland, die Insel Iheiya-jima. Dort gibt es ein Dorf mit Namen Dana, und nordöstlich davon, an der Küste, fließt, etwas in den Hügeln versteckt, eine Quelle, die man *Nzomiji* nennt. Sie sprudelt von einem etwas über zehn Meter hohen Felsen herab, und auch bei der größten Trockenheit versiegt das klare Wasser niemals.

Um diese *Nzomiji*-Quelle rankt sich eine schöne Sage.

Vor vielen Jahren lebte in Dana die schöne Utomatsu. Herrliches schwarzes Haar schmückte das Mädchen, seine dunklen Augen strahlten und lachten, und wer die Jungfrau einmal gesehen hatte, war sogleich bezaubert. Utomatsu war nicht nur wunderschön, sie hatte auch ein freundliches Gemüt, und jeder musste sie gernhaben. Die Dorfburschen fielen fast übereinander, so sehr drängten sie sich um das Mädchen, ein jeder strich seine Vorzüge heraus und tat alles, um die Schöne zur Frau zu gewinnen. Allen aber wurde freundliche, feste Absage zuteil. Das musste auch so sein, denn Utomatsu hatte nur Augen und Herz für den jungen Tara. Die beiden kannten sich seit ihrer Kindheit, sie waren vertraut wie Geschwister miteinander aufgewachsen, und als sie in ihrer Jugendblüte standen, gewannen sie einander herzlich lieb, und sie versprachen sich, dass sie gewisslich ein Paar werden wollten.

Selten sah man einen von ihnen allein. Sie gingen gemeinsam zur Feldarbeit, das Fischen war ihnen nur zusammen eine Freude, und bei jedem Dorffest waren sie unzertrennlich. Alt und Jung im Ort freute sich an dieser Liebe und wartete auf die Hochzeit.

Eines Tages fuhr Tara mit seinem Freund Jira hinaus zum Fischfang. Das Meer hatte ruhig, ja fast schläfrig, gelegen, gegen Abend jedoch wendete sich das Wetter, Sturm zog auf, in kurzer Zeit hatten sich hohe Wellen erhoben und brachen brüllend über den Strand. Die Adanbäume dort bogen sich im Wind, ihre abgerissenen Blätter fegten über den Sand, die Wogen schäumten über die Grenze von Wasser und Land und drangen sogar in die nahen Felder vor. Im Dorf herrschte helle Aufregung: Tara und Jira waren immer noch nicht zurückgekehrt!

Männer machten sich auf und suchten die Küste ab, als der Sturm endlich nachgelassen hatte, ließ man Boote zu Wasser und forschte nach den Vermissten, alle Mühe jedoch war umsonst, die beiden Jungen blieben verschollen. Sie kehrten nicht mehr in ihr Dorf zurück, das unendliche Meer hatte sie zu sich genommen.

Die Trauer um die beiden jungen Männer war groß, die Zeit jedoch mildert jedes Leid, und als einige Monate vergangen waren, legte sich der Schmerz um die Verunglückten, sie verschwanden allmählich aus den Gesprächen ihrer Dorfgenossen, und auf einmal gehörten sie ganz der Vergangenheit an. Das Leben ging weiter wie gewohnt. Die betroffenen Familien errichtete ihnen Grabmale, und man setzte den Tag, an dem der Sturm sie verschlungen hatte, als ihren Todestag fest, an dem man jährliche Gedenkgottesdienste für sie abhielt.

Utomatsu allein hoffte wider jede Vernunft. Sie wollte einfach nicht glauben, dass ihr Tara nicht wiederkehren sollte. Sie war fest überzeugt, dass er den Sturm überlebt hatte und irgendwohin verschlagen worden war. Wie oft hatte man doch gehört, dass Schiffsbrüchige weit nach Süden getrieben worden waren und nach vielen Jahren endlich wieder in die Heimat zurückgekehrt waren. Tara war der beste Fischer im Dorf gewesen, und er konnte schwimmen wie ein Fisch. Er musste noch leben! Für Utomatsu gab es keine Zweifel.

Ihre Familie schonte sie in ihrem Leid, nach einiger Zeit aber glaubte man, der Trauer sei Genüge getan und redete ihr zu: »Kind, du musst die Hoffnung aufgeben, Tara hat das Schicksal so vieler Fischer geteilt, die See hat ihn genommen. Du aber bist noch jung und kannst nicht dein ganzes Leben vertrauern. Es ist am besten für dich, wenn du so schnell wie möglich heiratest.«

Utomatsu ließ die gut gemeinten Ratschläge an sich abgleiten, und sanft bat sie um noch mehr Zeit. Ihre Überzeugung, dass Tara überlebt hatte und zurückkehren werde, ließ sich nicht erschüttern.

Ein Jahr verging, ein zweites, und endlich waren drei ganze Jahre seit dem Unglück verflossen. Die jungen Männer im Dorf meinten, dass Utomatsu nun doch sicherlich jede Hoffnung aufgegeben habe, einer nach dem anderen trat an das Mädchen heran und bat um seine Hand. Sie wurden aber alle abgewiesen. Utomatsu blieb ihrer Liebe treu. Der reichste Mann im Dorf warb um sie. Ihre Eltern hatten Geld von ihm geliehen, und Utomatsu hatte Angst, dass eine Absage schlimme Folgen für ihre Familie haben könnte. Sie schwankte und quälte sich, und beinahe hätte sie diesmal nachgegeben.

Der Gedanke an Tara aber blieb stärker, und in dieser Not packte sie ein paar Habseligkeiten ein und verließ eines Nachts heimlich das Dorf. Sie ging hinunter an die Küste und suchte sich einen Platz, an dem sie verborgen und unbehelligt leben konnte. Sie hatte Glück und entdeckte zwischen Felsen eine Höhle, und gleich daneben floss eine Quelle aus einem großen Stein. Dieser friedliche Ort war ihr wie ein Geschenk von den Göttern, und sie beschloss, sich hier niederzulassen. Meer und Wald boten ihr Nahrung, die klare Quelle gab ihr Wasser zum Trinken und Baden, mehr brauchte Utomatsu nicht. Sie verbrachte ihre Tage einsam und still, und alle ihre Sehnsucht war auf Tara gerichtet.

Diese Treue muss die Götter gerührt haben. An einem klaren Morgen hatte Utomatsu eben gerade ihre gewohnten Verrichtungen beendet, und nun richtete sie ihren Blick, wie sie es jeden Tag ohne Fehl tat, hinaus auf das Meer. Und heute war es anders als sonst, dort an der Linie, an der die See und der Himmel aufeinandertreffen, entdeckte das Mädchen ein Boot, das mit Macht auf die Küste zustrebte.

»Das ist Tara!« durchfuhr es Utomatsu, Es kam ihr nie der Gedanke, dass es ein anderes Boot sein könne. Sie ließ alles liegen und stehen und rannte hinunter zum Strand. Das Schifflein kam immer näher. Ein Mann saß darin und ruderte aus Leibeskräften. Nun war das Fahrzeug auf Rufweite herangerückt, der Ruderer stellte sich auf und brüllte so laut er nur konnte: »Utomatsu, Utomatsu, ich bin's, Tara, ich bin wiedergekommen!« Das Mädchen schritt ohne Zögern ins Wasser, die Flut ging ihm bis an die Hüften, es achtete nicht darauf. Der Mann sprang aus dem Boot und watete auf Utomatsu zu, es war wirklich Tara. Die beiden fielen sich aufseufzend in die Arme, das lange Warten war vorbei, sie hatten einander wieder. Das Meer zog und zerrte an ihnen, sie merkten nicht, was um sie herum vorging, ohne jedes Wort hielten sie sich stumm und glücklich umschlungen. Für beide war ein Wunder geschehen. Erst nach langer Zeit kehrten sie in die Wirklichkeit zurück und stiegen ans trockene Land.

Sie gingen in ihr Dorf, und hier herrschte große Aufregung über Taras glückliche Heimkehr. Der junge Fischer berichtete von dem Unglückstag, wie Jira in den Wellen verschwunden war und wie er selber sich am umgeschlagenen Boot festgehalten hatte und viele Tage getrieben war. Er war auf einer kleinen Insel gestrandet, und die freundlichen Menschen, die dort hausten, hatten ihm Gastfreundschaft gewährt. Mit ihrer Hilfe hatte er sich endlich ein Boot zimmern können, und dann hatte er sich auf die gefahrvolle Heimreise gewagt. Die Sterne und die Sonne waren ihm Wegweiser gewesen, das gute Wetter hatte angehalten, die Götter selber wachten über ihm, anders konnte es nicht sein, und er hatte die Heimat und seine Liebste wiedersehen dürfen. Immer und immer wieder schaute er Utomatsu an und hielt sie bei der Hand. Er schien sie nie mehr loslassen zu wollen.

Tara und Utomatsu feierten bald Hochzeit, und sie verbrachten ihr ganzes Leben in Glück und Zufriedenheit. Nach einer Weile fingen die Leute an, die Quelle, an der Utomatsu allein gelebt hatte, *Nzomiji* zu nennen. *Nzo* bedeutet »unverheiratetes schönes Mädchen«, und *miji (mizu)* heißt »Wasser«.

Anmerkung:
Adanbaum: Pandanus odoratissimus L.f. aus der Familie der Drachenbäume.

Die Liebe von Utodaru und Ufuyaku

(Sunan Utodaru to Yunubi Ufuyaku)

An der Stadtgrenze von Ishikawa und Gushikawa ergießt sich ein kleiner Fluss, der Tengan-gawa. Das ruhige Wasser trennt den Ortsteil Sunan, der zu Ishikawa gehört, von der Gemeinde Yunubi, die ein Teil von Gushikawa ist. Noch heute berichtet man die Geschichte einer Liebe, die an diesem Tengan-gawa ihr tragisches Ende gefunden hat.

Vor vielen Jahren lebte in Sunan die schöne Sunan Utodaru. Und im Nachbardorf, drüben über dem Flüsschen, wohnte ein stattlicher junger Mann, der sich Yunubi Ufuyaku nannte. Diese beiden Menschenkinder hatten sich irgendwann einmal gesehen, und es war für sie Liebe auf den ersten Blick geworden. Je länger sie sich kannten, desto lieber gewannen sie einander, und sie nutzten jede Gelegenheit, um sich zu treffen. Abends, wenn sie ihre täglichen Pflichten erfüllt hatten, kamen sie am Tengan-gawa zusammen, und der stille Bach war kein Hindernis für sie, er ließ sich ganz leicht durchwaten. Am Gestade genossen sie miteinander die friedlichen Abendstunden.

Lange Wochen trübte nichts ihr Glück, eines Tages aber fiel viele Stunden lang außerordentlich starker Regen, und alle Gräben und Rinnsale schwollen an. Auch der Tengan-gawa führte gewaltig Wasser, und er drohte sogar, über seine Ufer zu treten. Utodaru und Ufuyaku blicken immer wieder in den verhangenen Himmel, an dem stets neue Regenwolken trieben, sie seufzten, und jeder dachte bei sich: »Heute Abend wird es wohl mit unserem Treffen nichts werden. Ach, wenn doch der Regen endlich aufhören wollte!«

Der trübe, nasse Tag neigte sich, und gegen Abend klarte es wider alles Erwarten auf einmal auf. Die Wolken waren wie weggewischt, und bald stand der Mond silbern am Nachthimmel. Utodaru und Ufuyaku ließen alles liegen und stehen und rannten zum Tengan-gawa. Jeder kam auf seiner Seite an den gewohnten Platz, weiter jedoch konnten sie nicht. Das Flüsschen schoss böse durch sein Bett, es strudelte gefährlich und riss allerlei Gestrüpp mit sich. An ein Durchwaten war vorerst nicht zu denken. Die Liebenden mussten auf ihrem eigenen Ufer stehen bleiben. Sie konnten sich nur sehen, sie lächelten sich zu und streckten verlangend die Hände nach einander aus, das war alles. Nach einer Weile, die ihnen unendlich lang vorkam, sang der Jüngling über das trennende Wasser hinüber:

»Das Bergschloss von Sunan kann nicht zu mir kommen! Der Weg ist ihm versperrt!«

»Ich gebe dir, o Landzunge von Yunubi, diesen Vorwurf zurück! Es will sich kein Weg zu dir auftun!« klang es von drüben.

Sie klagten sich ihre Sehnsucht nacheinander über das feindliche Wasser und hofften immer weiter, dass die Flut bald fallen würde. Dann würden sie sich doch noch in die Arme schließen können.

Gegen Mitternacht ließ die Wut des Tengan-gawa endlich nach, der Wasserspiegel begann zu sinken, hier und da traten schon ein paar Felsen wieder an die Oberfläche. Utodaru und Ufuyaku wollten ihre Ungeduld nicht mehr länger zügeln, sie stiegen vorsichtig in das Wasser und gingen mit kleinen Schritten aufeinander zu. Die Flut zog an ihnen, aber sie hatten sich fast schon erreicht. Sie steckten froh die Hände aus, um sich zu berühren, und in dieser ihrer

Freude achteten sie nicht mehr auf den gefährlichen Weg. Beinahe gleichzeitig traten sie auf moosige glatte Steine, sie rutschten, und bevor sie wussten, was eigentlich geschehen war, hatten beide den Halt verloren, und der Fluss riss sie mit sich. Ein einziger heller Schrei schwebte kurz über dem Tengan-gawa und verhallte.

Ein Bauer, der zufällig vorbeiging, sah das Unglück, er rannte in das nächste Haus und schrie Hilfe herbei. In den Häusern wurde es hell, Menschen liefen und suchten die Ufer ab, starke Männer bildeten eine lebende Kette und stiegen in das wirbelnde Wasser, sie suchten mit Stangen in Untiefen, und über ihrer verzweifelten Mühe lag höhnisch das Tosen des Flusses. Nach einer Weile entdeckten die Helfer Ufuyaku in einer verborgenen kleinen Bucht, der junge Mann hatte sich an einem Baum, der halb über den Bach hing, festkrallen können. Er hatte überlebt, von Utodaru jedoch fehlte jede Spur. Der Tengan-gawa hatte sie fortgewirbelt und wohl ins Meer hinausgetragen.

Zum Andenken an die Liebe von Utodaru und Ufuyaku und deren unglückliches Ende pflanzten die Dorfleute auf jeder Seite des Flüssleins, dort, wo die Liebenden immer das Wasser überquert hatten, zwei Kiefernbäume. Diese Kiefern gediehen und wurden groß, sie neigten sich über den Tengan-gawa, ihre Äste und Zweige vermählten sich und spielten miteinander im Wind. Sie sahen aus wie ein innig vertrautes Liebespaar.

Das Bild, das sich veränderte

(KAWATTA E)

Vor vielen Jahren gab es irgendwo einmal ein Ehepaar. Der Mann hatte in bereits fortgeschrittenem Alter um eine schöne, junge Frau gefreit, und nun lebte er beständig in Unruhe, denn das Frauchen neigte zu Seitensprüngen. Er hielt die muntere Person unter strenger Überwachung, und solange er sie nicht aus den Augen ließ, ereigneten sich keine unliebsamen Vorfälle.

So weit, so gut, es herrschte eine Art Waffenstillstand. Nun begab es sich aber, dass der Gatte in Geschäften für einen Monat über Land zu reisen hatte. Seine größte Sorge war das Betragen seiner Frau während dieser Abwesenheit, er sann hin und her, wie er sich ihrer Treue versichern könne, und endlich hatte er einen Einfall: Er malte auf den geheimen Platz seiner Eheliebsten ein Bild, dieses stellte einen fliegenden Händler dar, der über seiner einen Schulter eine Stange mit zwei geflochtenen Tragekörben transportierte. Damit, so glaubte er, habe er den Ort, der bei Untreue stark beansprucht wird, versiegelt, und er machte sich getrost auf seine Reise.

Er hatte jedoch seinem Haus kaum den Rücken gedreht, als sich die junge Frau, für die die Leistungen ihres ältlichen Gebieters nie genug waren, sogleich nach einem Geliebten umtat. Sie fand sehr leicht, was sie suchte, sie ließ den Mann zu sich ins Haus kommen und feierte viele fröhliche Stunden mit ihm. Durch die häufige Benutzung des verborgenen Ortes nutzte sich das Bild mit dem fliegenden Händler rasch ab. Es wurde matter und matter, und als an der Zeit war, zu der man den Eheherrn zurückerwartete, war es gänzlich verschwunden. Nicht einmal mehr die Umrisse waren zu sehen.

Der Tag der angekündigten Heimkehr brach an, die junge Frau vergnügte sich ein letztes Mal mit ihrem Liebhaber, dann jedoch bekam sie es mit der Angst zu tun. Sie klagte dem Freund ihren Kummer, der lachte nur und meinte: »Liebchen, mach dir doch deswegen keine Sorgen, das passt gar nicht zu deinem süßen Gesichtchen. So ein Bild mal ich dir im Handumdrehin!« Und er zeichnete geschickt den fliegenden Händler mit seiner Tragestange. Damit war alles in Ordnung, kein Mensch würde den Unterschied merken!

Der Ehemann hatte seine geschäftlichen Angelegenheiten zu seiner Zufriedenheit erledigt, und nun eilte er, so schnell er nur konnte, heim zu seiner Frau. Er betrat sein Haus, hielt sich nicht im Geringsten mit Berichten über seine Reise auf, sondern machte sich sogleich an die Untersuchung, die ihm auf dem Herzen lag. Ganz genau besichtigte er den geheimen Ort seiner Gattin, und er merkte schnell, dass etwas nicht stimmte: Er hatte, als er das Bild ausführte, den Händler die Tragestange auf der rechten Achsel tragen lassen, nun aber lag sie über der linken!! Aufgebracht fuhr er die Schöne an: »He, was soll das heißen? Der Händler hat sein Gepäck auf der rechten Schulter getragen, und nun trägt er die Last auf der linken Seite! Das Bild ist verändert, du warst mir untreu!«

Die Frau war im ersten Augenblick verwirrt, sie fasste sich jedoch geschwind und sagte leichthin: »Ach, liebes Männchen, was willst du denn? Das ist doch ganz leicht zu begreifen, die Last hat den Händler auf seinem weiten Weg sicher recht gedrückt, da hat er sie mal auf die andere Schulter umgewechselt!«

Was, die haben das gewusst?

(Shitte otta ka ...)

Vor vielen Jahren regierte einmal ein blutjunger König das Ryûkyû-Reich. Seine Lehrer hatten sich große Mühe gegeben und ihn in allem, was ein Fürst zu seinem hohen Amt braucht, unterrichtet. Er hatte gewissenhaft studiert, und da er auch klug war, führte er nun die Staatsgeschäfte sehr zur Zufriedenheit seiner Untertanen. Er war allgemein beliebt, und sein einziger Fehler war, wenn man das als Fehler bezeichnen will, dass er von den Geheimnissen zwischen Mann und Frau nicht die geringste Ahnung hatte. Was die Liebe anging, war er ein gänzlich unbeschriebenes Blatt.

Ein Herrscher hat jedoch unter seinen vielen Pflichten auch für den Fortbestand seines Hauses zu sorgen. Der Ältestenrat trat zusammen und setzte sich mit diesem wichtigen Thema auseinander, und es wurde beschlossen, den jungen König zu vermählen. Unter den Blumen des Landes wählte man eine Prinzessin aus gutem Hause, die Hochzeitsfeier mit dem schönen Mädchen wurde festlich begangen, und allmählich rückte der Zeitpunkt heran, zu dem der Bräutigam die Brautkammer betreten sollte. Die vertrautesten Vasallen des Königs, mit den drei obersten Ministern an der Spitze, erklärten dem Neuling ganz genau, was nun von ihm erwartet wurde. Der Fürst hörte ohne jegliches Interesse all den Ausführungen zu, dann ging er, weil ihm nichts anderes übrig blieb, hinein zu der Prinzessin, seiner Braut.

Was genau zwischen den jungen Leuten vorfiel, wie sie sich näherkamen, das weiß niemand, auf jeden Fall aber lernte der König die Süße der Liebe kennen, und er fand außerordentlich Gefallen daran. Er hatte noch niemals zuvor eine solch kurzweilige Nacht verbracht, und die Sonne ging für ihn viel zu früh auf.

Am Morgen nach der Hochzeitsnacht rief er die drei obersten Minister zu sich und ordnete an: »Diese Art von Zerstreuung ist vor dem Landvolk geheim zu halten. Wenn die Bauern auf den Geschmack kommen und begreifen, dass es auf der Welt solch eine Freude gibt, werden sie nie mehr arbeiten wollen, sondern sich nur noch vergnügen. Die Felder bleiben dann liegen und das ganze Land verwildert!«

Sprachs, drehte sich um und ging flugs wieder hinein ins Schlafgemach, wo seine Gemahlin auf ihn wartete.

Ein Jahr verging, und die Königin schenkte einem allerliebsten Prinzlein das Leben. Kurz danach besuchte der König die Stadt Naha. Aus seiner Sänfte heraus überschaute er das Leben und Treiben, und plötzlich fiel ihm auf, dass eine Bauersfrau einen Säugling hätschelte. Die Majestät schaute noch einmal ganz genau hin, dann rief sie bedauernd aus: »Was, die Bauern haben Bescheid gewusst??«

Anmerkung:
Die drei obersten Minister: sanshikan. In der Zeit des Ryûkyû-Reiches die drei
Obersten Beamtenränge.
Der 1. Rang (Himmel = *ten)*
Der 2. Rang (Erde = *chi)*
Der 3. Rang (Volk = *hito)*
Diese Ränge entsprechen ungefähr denen eines Ministers.

Keine Angst mehr vor Gespenstern

(yûrei nanka kowaku nai)

Vor vielen Jahren lebte in einem Dorf im Nakagami-Bezirk ein wunderschönes Mädchen. Die jungen Männer wetteiferten um die Gunst der Hübschen, und jeder hätte sie nur zu gerne zu seiner Frau gemacht. Die Angebetete ging jedoch niemals ohne ihre Eltern aus, und deshalb war es all den Verehrern unmöglich, auch nur in die Nähe des Zieles zu gelangen.

Das Mädchen war wohlbehütet aufgewachsen, es hatte keinerlei Weltkenntnis, und zu allem Überfluss war es ein arges Angsthäschen. Auch als es schon erwachsen war, brachte es es nicht fertig, allein zu Hause zu bleiben, es wollte immer, dass entweder Vater oder Mutter um es herumwaren, sonst fürchtete es sich.

Nun ergab es sich aber eines Tages, dass beide Eltern auszugehen hatten, eine dringende Angelegenheit ließ sich beim besten Willen nicht aufschieben, und die Tochter sollte also das Haus hüten. Sie wehrte sich verzweifelt und jammerte: »Ich fürchte mich, ich fürchte mich ja so, ich brings nicht fertig, allein daheimzubleiben!«

Die Eltern redeten der Weinenden gut zu und fragten: »Ja Kind, vor was hast du denn eigentlich so große Angst?« – »Ich graule mich vor Gespenstern! Was mache ich nur, wenn plötzlich Geister hier erscheinen?« – »Vor so was brauchst du dich nicht zu fürchten, man kann sie ganz mühelos vertreiben. Du musst, wenn sich wirklich ein Gespenst zeigen sollte, einfach alles, was es anstellt, ganz genau nachmachen.

Dann kriegt es es mit der Angst zu tun und sucht geschwind das Weite. Hast du verstanden?«

Die Tochter war nicht recht überzeugt, sie musste sich aber fügen und für diesmal allein daheimbleiben. Vater und Mutter machten ihr noch ein wenig Mut, dann waren sie auch schon gegangen.

Das Mädchen ging verzagt durch das ganze Haus, es schaute in sämtliche Winkel, dann setzte es sich ins Zimmer und wartete zitternd auf die Geister.

Dies alles hatte draußen ein junger Mann mitbekommen. Er war schon lange in die Schöne verliebt und wollte sie unbedingt zu seiner Frau machen, deswegen trieb er sich ständig um ihr Elternhaus herum und wartete auf eine günstige Gelegenheit, um sie allein sprechen zu können. Er hatte die Unterhaltung zwischen Eltern und Tochter vom Anfang bis zum Ende überhört, und da er ein schlaues Köpfchen hatte, fuhr ihm eine gute Idee durchs Gehirn, und er dachte: »Warte nur, jetzt kriege ich dich!

Er kroch verstohlen an die offene Haustür, schaute starr auf das Mädchen, das drinnen im Raum kauerte, und winkte ihm geheimnisvoll mit der Hand. Das arme Kind erschrak furchtbar, es konnte nichts anderes denken, als dass jetzt tatsächlich ein Gespenst erschienen sei, und die Sinne wollten es beinahe verlassen. In dieser Not erinnerte es sich an den Rat der Eltern, es hob zögernd das Händchen und winkte der Erscheinung. Diese fühlte sich damit eingeladen, trat ins Haus und auf die Jungfrau zu und löste ihr ohne weitere Umstände den Gürtel. Die so Behandelte wusste sich nicht anders zu helfen, und sie band dem Gespenst den Gürtel auch ab. Nun warf der merkwürdige Gast die Arme um das Mädchen, dieses tat das Gleiche. Damit war es um beide geschehen: Die Jugend forderte ihr Recht, die zwei kamen sich nah und immer näher, es dauerte nicht lange, und sie waren im siebten Himmel der Liebenden. Nach vollbrachter Tat verließ das Gespenst das Haus und ging eilig heim, und das Mädchen blieb sehr zufrieden zurück.

Gegen Abend kamen die Eltern zurück und fragten besorgt: »Kindchen, wie war es, hast du arg Angst gehabt?« Die Tochter antwortete mit roten Wänglein: »Nein, liebe Eltern, ich habe mich kein bisschen gefürchtet. Vor so was wie Gespenstern habe ich überhaupt keine Angst mehr. Ich will gerne immer das Haus hüten, geht nur aus, sooft ihr wollt!«

Anmerkung:
Nakagami: Die Hauptinsel Okinawa wird in drei große Bezirke unterteilt, *Kunigami* im Norden, *Nakagami* in der Mitte und *Shimashiri* im Süden.

Der Edelmann Marapainu und sein Problem

(aji Marapainu)

Vor sehr langer Zeit lebte auf der Insel Tarama ein Edelmann, der *aji* Marapainu. Dieser hatte einen also wirklich ganz unglaublichen mara, stellt euch vor, der war fünf oder sogar sechs Klafter lang. Und weil er mit einem so ungeheuerlichen Ding gesegnet war, konnte er sich selbstverständlich nicht, wie andere Menschen, frei bewegen oder arbeiten. Dem Herrn Marapainu standen immer sieben Lakaien zur Seite, die mussten ihn von Kopf bis Fuß umsorgen. Wenn er auf den Abort gehen wollte, oder wohin auch immer, die Diener trugen ihm den gigantischen *mara*, über ihre Schultern gelegt, nach. Sonst hätte sich der Edelmann überhaupt nicht rühren können.

Der Herr war schon in mittleren Jahren, und seiner Absonderlichkeit wegen immer noch unbeweibt. Eines Tages besuchte ihn eine Frau, die ebenfalls unverheiratet war. Auch diese Frau, sie nannte sich Upupusumapai, besaß eine *hoto*, die war um ein Vielfaches größer als die von normalen Frauen. Denn es gibt schließlich auf dieser Welt manch wunderbare Dinge. Sie hatte von dem *aji* gehört und war gekommen, um ihn sich anzuschauen. Sie fand sogleich Gefallen an dem Schicksalsgenossen, sie fiel ihm einfach um den Hals und rief froh: »Ich will deine Frau werden!«

Der *aji* erschrak, die Sache kam ihm zu plötzlich, und er meinte: »Gehört habe ich schon von dir, du bist also die Upupüsumapai. Höre, meine Liebe, das Heiraten kannst du dir aus dem Kopf schlagen, geh nur hübsch wieder nach Hause!«

»Nein, nein, was sagst du da? Die Götter selber haben uns zum Ehepaar bestimmt und uns deswegen mit so großen, einmaligen Werkzeugen ausgestattet. Lass uns heiraten. Je schneller, desto besser!«

»Du redest Unsinn. Menschen wie wir sind nicht zum Heiraten geschaffen. Ich kann mich ja nicht einmal alleine bewegen, die allereinfachsten Dinge kann ich nicht ohne Hilfe ausführen, wie soll ich denn da heiraten?« schrie der Edelmann. Er war recht verärgert und wehrte sich tapfer.

»Sei doch nicht starrköpfig, die Götter haben uns so, wie wir sind, extra angefertigt, damit wir ein Paar werden können. Nimm mich zur Frau. Das ist unsere Bestimmung!«

»Kommt nicht in Frage, niemals. Ein Mann wie ich heiratet nicht. Ich bin schon ohne Frau lächerlich genug, das würde alles nur noch schlimmer machen. Geh heim, geh sofort heim und lass mir meine Ruhe!«

Der *aji* drehte und wendete sich verzweifelt, allmählich wusste er sich nicht mehr zu helfen, Mapai aber hatte kein Einsehen, sie wollte und wollte nicht aufgeben und klammerte sich ganz fest an den unglücklichen Mann

Der schüttelte entsetzt die Zudringliche ab und rannte voller Furcht weg. Er wollte nur fort, alles andere war ihm gleichgültig, und er merkte anfangs nicht einmal, dass ihm sein riesiger *mara* zwischen den Beinen herabhing und roh über Stock und Stein nachgezogen wurde. Allmählich jedoch kam ihm zu Bewusstsein, wie schmerzlich das war, er konnte aber mit dem Wegrennen einfach nicht aufhören. Er musste immer weiter fliehen. Das nachgeschleifte Organ furchte mitten auf dem Fluchtweg einen großen Graben aus. Dieser Graben soll heute noch auf der Insel Tarama zu sehen sein, und bei starken Regenfällen schießt hier das Wasser gurgelnd durch bis hinunter zum Meer.

Mapai rannte dem armen Mann, der eine Staubwolke aufwirbelte, nach und rief: »Warte doch, mein lieber Mara, so warte doch!«

Der *aji* erreichte das Meer, er wusste sich nicht anders zu helfen, deshalb sprang er ins Wasser, und um sich zu verbergen, tauchte er unter. Er musste aufschreien: »Au, aua, mein *mara*, mein armer *mara* tut weh!« Das nachgezogene und misshandelte Körperteil war über und über wund, und jetzt biss auch noch das Seewasser tüchtig in das verletzte Fleisch. Der Edelmann wand sich vor Schmerzen.

Nun wurde der *mara* steif wie ein Pfahl und stieg aus dem Meer heraus in die Luft. Es sah aus, als ob ein Palmbaum im Wasser wachsen würde. Mapai kam auch bis zum Strand und schaute sich um: »Wo mag der *aji* nur hingegangen sein? Seine Fußspuren enden hier, wo aber ist er selber? Ach, dort wächst ja im Meer eine Palme. Komisch ist das. Aber sie kommt mir gerade recht. Ich werde auf diesen Baum klettern und nach dem Mann Ausschau halten.«

Das war leichter gesagt als getan. Der Stamm des sonderbaren Baumes war rutschig, und Mapai brauchte ziemlich lange, bis sie endlich zum Wipfel kam. Und dort hatte sie plötzlich verstanden: »Da ist er ja, mein Mara, oh, mein lieber Mara!« Sie schrie auf, in ihrer Aufregung ließ sie den Stamm los und plumpste kopfüber hinunter ins Meer. Dort musste sie ertrinken. Auch der Herr Marapainu überlebte das Drama nicht. Er hatte, als er unten im Meer hockte, keinen Atem schöpfen können und war jämmerlich erstickt!

Anmerkung:

Was ›*mara*‹ und ›*hoto*‹ sind, braucht wahrscheinlich nicht näher erläutert zu werden!

Der Hundebräutigam

(Inu muko iri)

Vor vielen, vielen Jahren fegte einmal eine gewaltige Flutwelle über Miyako-jima hinweg, und das rasende Wasser nahm alles Leben mit sich und schwemmte es ins Meer hinaus. Menschen und Tiere wurden ausgelöscht, Dörfer und Felder verschwanden, die Wellen hatten alles verschlungen, und auf der ganzen Insel wurde es für lange Zeit totenstill.

Ein einziger Mensch und ein Hund überlebten die Katastrophe, die junge Frau war, als die Wasser kamen, gerade auf der Amaripâ-Anhöhe gewesen, und so hoch hatte die Flut nicht gereicht. Sie hatte den Hund bei sich, und nun waren die beiden die einzigen Bewohner der Insel. Sie blieben auf der Amaripâ-Anhöhe und fristeten, so gut es gehen wollte, ihr Dasein. Die Frau baute sich aus Ästen und Zweigen einen Unterschlupf, sie sammelte Kräuter und die Früchte der Bäume im Wald. Der Hund hingegen hatte großes Geschick zum Fischfang, er ging oft hinunter zum Meer und konnte jedes Mal ein paar Fische mitbringen. Die teilte er redlich mit seiner Schicksalsgefährtin, und die beiden lebten einträchtig miteinander, sie waren wie ein langvertrautes Ehepaar.

Eines Tages war der Hund wieder einmal an den Strand gegangen. Die Flut war gerade zurückgetreten, und das Tier suchte im niedrigen Wasser nach Nahrung. Da kam ein Boot mit einem Mann aus *Yamato* in die Nähe, der sah den Hund und wunderte sich: »Diese Insel soll doch menschenleer sein, seit die große Flut darüber hinweggegangen ist.

Nun rennt hier aber ein Hund herum, und wo so ein Haustier ist, müssen auch Menschen sein. Ich will dem Hund nachgehen und schauen!«

Der Mann aus *Yamato* ruderte ans Land, band sein Boot an einem Felsen fest und folgte dem Hund, der eifrig heim zu seiner Gefährtin strebte. Der Eindringling trug Sorge, dass das Tier ihn nicht bemerke, und nach einem längeren Marsch, der ihn an zerstörten Anwesen vorbeiführte, erreichte er endlich die Amaripâ-Anhöhe. Dort entdeckte er eine schiefe, kleine Hütte, er trat durch den niedrigen Eingang und fand drinnen eine schöne junge Frau, die den Hund in ihren Armen hielt und ihn streichelte.

Die Frau hatte lange keinen Menschen mehr gesehen, sie freute sich sehr über den Besuch und bewirtete ihn nach ihrem Vermögen. Sie unterhielten sich über allerlei, und der Mann erfuhr, dass die Frau und ihr vierbeiniger Gefährte sich als Ehepaar betrachteten.

Der Mann aus *Yamato* blieb ein paar Tage auf der verwüsteten Insel, die Frau war schön, und er verliebte sich heftig in sie. Er wollte sie zu seiner Gattin machen, und dabei war ihm der Hundegemahl ein Dorn im Auge. Er zögerte zuerst, dann aber brachte er den Hund entschlossen um. Die junge Frau stand entsetzt vor dem erschlagenen Tier, sie fiel auf die Knie und nahm den blutigen, leblosen Körper in die Arme: »Ach, du mein lieber, lieber Gatte!« klagte sie und weinte herzzerreißend. Das Blut des Hundes floss auf den Boden, und sie saß, ohne es weiter zu beachten, in der blutigen Pfütze.

Lange trauerte sie um den Gefährten ihrer einsamen Tage, das Tier kehrte jedoch davon nicht wieder, und als sie sich etwas beruhigt hatte, gab sie dem Werben des Mannes aus *Yamato* nach und wurde seine Frau. Sie wusste, dass sie nicht allein leben konnte und ergab sich in ihr Schicksal.

Das Blut des Hundes ließ sich nie mehr abwaschen, es blieb an ihrem Hinterteil kleben, und seit dieser Zeit, so sagt man, haben die Frauen ihre monatliche Regel.

Anmerkung:
Amaripâ-Anhöhe: Ein Hügel von circa 101 m Höhe, der zu der Ortschaft Gusukube-chô gehört.
Mann aus Yamato: Yamato ist in Okinawa die Bezeichnung für Japan.
Tsunami: Miyako-jima ist im Laufe seiner Geschichte mehrmals von verheerenden Tsunami-Flutwellen, die von Erd- oder Seebeben ausgelöst werden, heimgesucht worden. Von der Gewalt der Elemente zeugen noch heute riesige Korallenfelsen, die damals hoch aufs Land hinaufgeworfen wurden.
Die letzte große Flutwelle, der *tsunami* der Meiwa-Epoche (Nengo: 1764–1771), hat die Insel im Jahre 1771, am 24. April morgens ungefähr um 8 Uhr überrascht. Ein gewaltiges Beben im Meer südöstlich von der Insel Ishigaki war der Auslöser. Die Flutwelle fuhr dreimal über Miyakojima hinweg und soll eine Höhe von 36–39 m erreicht haben. Nach damaligen Aufzeichnungen haben bei diesem Unglück 2548 Menschen das Leben verloren. Die wirtschaftlichen Schäden sollen sehr schlimm gewesen sein.

Prüfungsaufgaben für Eheanwärter

(Kekkon no Nandai)

Vor vielen vielen Jahren einmal besaß eine reiche Familie eine einzige Tochter. Das Mädchen erblühte zur Jungfrau, und es wurde Zeit, einen Gatten für es zu wählen. Und weil ein großes, reiches Haus einen würdigen Nachfolger braucht, überlegten die Eltern hin und her, auf welche Art sie wohl eine Auswahl zu treffen hatten. Schließlich ließen sie eine Holztafel vor ihrem Anwesen aufstellen, und darauf hatte man geschrieben: *Derjenige, dem es gelingt, eine Fackel sieben Tage und sieben Nächte nicht verlöschen zu lassen, den wollen wir zum Schwiegersohn nehmen!* Unter den jungen Männern im Dorf und der ganzen Umgebung herrschte große Aufregung. Jeder wollte gar zu gerne der Bräutigam des schönen Mädchens werden und in das wohlhabende Haus einziehen. Die Burschen zerbrachen sich die Köpfe und versuchten, Fackeln anzufertigen, die sieben Tage und sieben Nächte lang brennen konnten. Einige stellten riesenlange Fackeln her, andere wiederum wählten besonderes Holz oder ein bisher für diesen Zweck noch nie verwendetes Material, jeder versuchte, eine einmalige und langlebige Fackel auszudenken, alle ihre mühsam ausgedachten Kunstwerke wollten jedoch nicht einmal zwei Tage lang brennen.

Einer nach dem anderen musste sich geschlagen geben, und die Jünglinge meinten einstimmig: »Kein Mensch kann diese Aufgabe lösen, das Mädchen wird wohl unvermählt bleiben. Es gibt auf der ganzen Welt keine Fackel, die so lange brennen kann.«

Um das reiche Haus wurde es eine Zeitlang stille, den Bewerbern war der Mut ausgegangen, sie hatten keine Einfälle mehr und zerstreuten sich. Da erschien eines Tages doch noch ein Bursche, der sein Glück probieren wollte. Und er brachte eine Fackel mit, wie sie noch niemand gesehen hatte: Sie war dick wie eine große Trommel!

Der junge Mann begab sich in den Garten des großen Anwesens und hob dort ein tiefes Loch aus. Dahinein versenkte er die angezündete, glimmende Fackel, bedeckte sie leicht mit Erde und sagte: »Diese Fackel wird nun für sieben Tage und sieben Nächte nicht verlöschen!« Dann ging er getrost wieder heim.

Alle warteten gespannt auf den siebten Tag, und als man die Erde beiseiteräumte und nachschaute, glühte die Fackel immer noch. Das Feuer hatte sie nicht gänzlich aufgezehrt, sie war in der Tat nicht ausgegangen! Der pfiffige junge Mann hatte die Hand des Mädchens gewonnen, bald wurde die Hochzeit gefeiert, und er wurde der Schwiegersohn der reichen Familie.

Einem wohlhabenden Mann aus dem gleichen Dorf gefiel diese Geschichte, und als es Zeit für ihn selber wurde, sich nach einer Braut umzusehen, ließ auch er eine Holztafel aufstellen. Darauf konnte man lesen: *Ich will das Mädchen, das sieben Tage und sieben Nächte lang jeden Tag dreimal, auch wenn es regnet, die Mahlzeiten pünktlich auf den Tisch bringen kann, zur Frau nehmen!*

Dieser Anschlag sprach sich wie ein Lauffeuer unter den Mädchen herum. Die Hoffnung, in ein wohlbestelltes Haus einzuziehen, lockte viele an. Sie sammelten für das Küchenfeuer Berge von Reisig und gefallenen Blättern und begannen, die Mahlzeiten vorzubereiten. In den vergangenen Tagen war jedoch viel Regen gefallen, das Brennmaterial war feucht und wollte nicht recht brennen. Es qualmte, in der Küche ergaben sich Verzögerungen, und die Mahlzeiten kamen nie zur rechten Zeit auf den Tisch.

Nach einigen Tagen erschien ein Mädchen und trug ein paar Bambusstämme, die es im Wald geschnitten hatte. Auch diese Jungfrau begann mit der Zubereitung der Prüfungsmahlzeiten, und sie hatte ihr Brennmaterial richtig gewählt: Selbst grüner, frischer Bambus brennt leicht, und sie konnte ohne Schwierigkeiten die Mahlzeiten pünktlich auftragen. Sie hatte die gestellte Aufgabe gut ausgeführt und wurde die Braut des reichen Mannes.

Anmerkung:
Diese Erzählung ist eine Variante der häufig auftretenden Geschichten von der »Bräutigamsprüfung« *(nandai muko)*. Märchen dieser Art sind sowohl in Japan wie auch Okinawa zu finden. In Japan ist es häufig die Braut selber, die dem Kandidaten die Aufgaben oder Rätsel aufgibt. Er muss sie lösen, dann darf er den Preis heimführen.

Das Kalb als Braut

(ushi no yome iri)

Vor vielen, vielen Jahren lebten einmal eine Mutter und ihre Tochter. Das Mädchen war bereits zwanzig Jahre alt –, es war jedoch sehr schüchtern und wagte sich nur selten allein aus dem Haus. Am allerliebsten blieb es daheim und verrichtete dort seine täglichen Pflichten. Die Mutter sah dies mit Sorgen und grämte sich insgeheim: »Hoffentlich findet sich einmal jemand, der sie heiraten will.«

Zu dieser Zeit lebte im Nachbarort ein angesehener Priester. Sein Name war in aller Munde, denn er legte den Leuten gerne und geschickt die Zukunft aus. Zu diesem Mann begab sich die Mutter und sprach: »Meine Tochter hat schon lange das richtige Alter zum Heiraten erreicht, sie will jedoch keinen Fuß vors Haus setzen und sich mit niemand anfreunden. Ich mache mir Gedanken, ob sie jemals einen Gatten findet. Ich bitte dich, frommer Mann, forsche nach, was in ihren Sternen geschrieben steht!«

Der Priester betrachtete die Mutter sinnend. Sie war eine schöne, stattliche Frau, und er dachte bei sich: »Die Tochter muss noch viel hübscher sein.« Und er beschloss, sich in den Besitz des Mädchens zu setzen.

Er räusperte sich und sagte mit trauriger Stimme: »Liebe Frau, du möchtest deine Tochter gerne verheiraten? Ich lese hier im Schicksal des Mädchens, dass es nicht mehr lange zu leben hat!« Die Mutter schrie erschrocken auf. Der Geistliche fuhr fort: »Beruhige dich, vielleicht kann ich dir helfen. Überlass mir deine Tochter, ich will dann täglich für sie beten und den Himmel anflehen, ihr das Leben zu verlängern. Wenn wir Glück haben, erhören uns die Himmlischen, und deiner Tochter ist geholfen.« Der listige Mann ließ die verstörte Frau nicht aus den Augen.

Die Mutter dachte daran, wie sie all die Jahre hindurch die Tochter mit Liebe und Sorgfalt großgezogen hatte, und das Herz wollte ihr zerspringen bei dem Gedanken, dass sie ihr Kind verlieren sollte. Und ohne zu Zögern griff sie nach der Hilfe, die sich anzubieten schien: »Ach Herr, wenn du durch deine Gebete das Leben meiner Tochter verlängern kannst, sollst du sie gerne haben. Sie bleibt mir ja dann auch erhalten.« Man besprach nun den Tag, an dem die Braut dem Geistlichen zugeführt werden sollte. Ein Priester hat nun eigentlich unvermählt zu bleiben, und er kann nicht vor aller Öffentlichkeit eine Braut willkommen heißen. Der verschlagene Mann machte deshalb mit der Mutter aus, ihm in sieben Tagen eine große Truhe senden zu lassen. Und in dieser Truhe sollte das Mädchen verborgen sein.

Die Frau ging heim und bereitete alles so vor, wie man es ihr im Tempel aufgetragen hatte. Am abgesprochenen Tag erschienen zwei Dienstmänner des Priesters. Sie halfen der Tochter in die Truhe hinein, deckten den Deckel darauf, dann hoben sie sich den großen Kasten auf die Schultern und marschierten los. Der Weg war weit und beschwerlich, er ging über Berg und Tal, und die zwei Knechte beschlossen, eine Rast einzulegen. Sie setzten den Kasten am Wegrand ab, sie selber hockten sich unter einen Baum und packten ihre mitgebrachte Wegzehrung aus. Auch Reisschnaps hatten sie dabei, sie nahmen davon einen Schluck, dann noch einen und noch einen, und endlich konnten sie der Flasche auf den Boden sehen. Sie fühlten sich rundum zufrieden und schläfrig, und im Nu waren sie eingenickt. Ihr Schnarchen ließ die Gräser erzittern.

Wie sie so im Land der Träume weilten, kam ein Edelmann den gleichen Waldweg dahergeritten. Er sah die große Truhe und wurde neugierig, er stieg ab von seinem Pferd, ging hin und hob den Deckel hoch. Da fand er ein wunderschönes Mädchen, das ihn ängstlich und fragend anblickte. Er holte die Schöne aus ihrem Gefängnis heraus, und weil er ein Mann von wachem Geist war, steckte er ein Kalb, das in der Nähe weidete, als Ersatz in den Kasten hinein. Das Gewicht musste ungefähr stimmen! Das Mädchen jedoch setzte er vor sich auf sein Pferd und nahm es mit sich.

Nach einer Weile erwachten die Knechte aus ihrem Rausch, seufzend huckten sie sich wieder den schweren Kasten auf und trabten zu ihrem Tempel, wo ihr Herr schon aufgeregt auf sie wartete. Er ließ die Truhe in seine Kammer bringen, dann belohnte er die Dienstmänner und gab ihnen zu essen und zu trinken, bis sie fast platzen wollten. Und nun endlich machte er sich an der Truhe zu schaffen und deckte sie erwartungsvoll auf: Das Kalb freute sich sehr, streckte ihm den Kopf entgegen und muhte laut!

Der Priester fuhr erschrocken zurück, er war fürchterlich enttäuscht, er rief die Knechte zu sich und brüllte sie an: »Ihr Kerle, warum bringt ihr mir denn ein Kalb? Was soll ich mit einem Kalb? Tragt das Vieh sofort dahin zurück, wo ihr es geholt habt, ihr Tölpel!«

Die Dienstmänner verstanden die Welt nicht mehr, sie hatten einem schönen Mädchen in den Kasten geholfen, und warum dieses zu einem Kalb geworden war, wussten sie auch nicht. Sie mussten ihrem Herrn aber gehorchen, deshalb luden sie sich die Truhe mit dem Kalb wieder auf und schleppten sie zurück zum Haus der Mutter. Dort warfen sie den Behälter vor die Tür und trollten sich.

Die Mutter war ohne Tochter recht einsam gewesen, und nun glaubte sie, ihr Kind sei zurückgekommen. Voller Hoffnung deckte sie die Truhe auf, und sie entsetzte sich, als sie das Kalb sah. Sie jammerte: »Mein armes Kind, bist du jetzt zu einem Kälbchen geworden?« Das Tier sagte nichts, es war von der Reise noch sehr benommen! Die Frau glaubte fest, das Kalb sei ihr Kind, sie führte es in ihr Haus und hegte und pflegte es, geradeso wie sie einst die Tochter umsorgt hatte. Sie gab ihm gute Speisen, und wenn es am Abend kühl wurde, zog sie ihm ein warmes Gewand über.

Eine gewisse Zeit verging, und die Mutter meinte eines Tages: »Das Kälbchen wird sich langweilen, immer so im Haus, ich werde es ein wenig ausführen. Vielleicht freut es sich, wenn ich mit ihm ins Schauspiel gehe.« Sie ging mit dem Tier in die Schauspielbude und mietete zwei Plätze. Dort erklärte sie ihm, was sich auf der Bühne begab, sie redete mit ihm, gerade so, als ob es in der Tat die Tochter sei.

Nun wollte es das Schicksal, dass ihre Tochter gerade an diesem Tag zusammen mit ihrem Gatten, dem Edelmann, auch das Theater aufgesucht hatte. Das Paar saß im oberen Stock auf einem guten Platz, und als die junge Frau nach unten schaute, entdeckte sie auf einmal ihre Mutter. Außer sich vor Freude eilte sie hinunter und schloss die Alte, die nicht wusste, wie ihr geschah, in die Arme. Die Mutter glaubte lange, ein Gespenst vor sich zu sehen, und es dauerte geraume Zeit, bis sie überzeugt war, dass es ihre Tochter war, die da vor ihr stand und weinte. Dann endlich begriff sie, und sie musste sich ans Herz greifen vor Aufregung: Ihr Kind war schöner denn je, es war in reiche Gewänder gekleidet und sah gesund und zufrieden aus. Und neben ihm stand ein vornehmer, freundlicher Mann, der Gatte!

Die verlorene und wiedergefundene Tochter berichtete nun, wie alles zugegangen war, dann lud das junge Paar die Mutter ein, mit ihm in ihr Anwesen zu kommen und dort zu leben. Und sie verbrachten ihre Tage zusammen in Glück und Zufriedenheit, so wird berichtet.

Anmerkung:
Diese Erzählung ist eine Variante von »*ushi no yome iri*« (Die Kuh als Hochzeiterin), die in Okinawa und ganz Japan, mit Ausnahme der Regionen Chûbu und Kinki, verbreitet ist. Erzählungen gleichen Inhaltes sind in Indien, China und Korea nachgewiesen, sie sind dort in alter Literatur zu finden.
In Japan erscheint das selbe Thema in mittelalterlichen Sammlungen von Volksdichtungen *(setsuwa)*, wie z.B. dem *shasekishû (1279–1283)* des Mönches Mujû Ichien (1227–1312), einer Sammlung buddhistischer Erzählungen, oder in der Sammlung *zôtanshû* (fertiggestellt 1305), auch von Mujû, um nur zwei zu nennen(Nihon mukashibanashi jiten).

Das Gespenst und das Hohlmass

(yurei to masu)

Vor vielen Jahren lebte einmal ein Ehepaar, das sich sehr gut war. Nun ging aber eine schlimme Krankheit um, die Frau wurde krank, und bald hatte sie ihren letzten Atemzug getan. Der Mann trauerte gehörig um sie, nach einer gewissen Weile jedoch bemerkte er, dass sein Haushalt ohne Hausfrau nicht auskommen konnte, und deswegen nahm er sich eine neue Gattin. Die tote Frau konnte aber ihren Mann, den sie sehr geliebt hatte, nicht vergessen, und sie vermochte nicht, in ihrem Grab ruhig zu schlafen. Schließlich wurde sie zu einem Gespenst und besuchte die neue Frau. Sie sprach zu ihr: »Überlasse mir doch bitte deinen Mann!« Die so Angeredete wehrte sich: »Wenn ich dir wirklich meinen Mann abtreten sollte, wird er sterben. Deshalb kann davon keine Rede sein.« Das Gespenst bat und bat immer wieder, und weil die lebende Frau sich standhaft weigerte, sagte es endlich: »Ich will dir das kostbarste Ding, das ich habe, geben. Damit kannst du dir Geld und alle möglichen Dinge wünschen. Lass uns mein Schatzhohlmaß und deinen Mann gegeneinander austauschen!« Aber auch davon wollte die neue Gattin nichts hören, und sie sagte klipp und klar: »Nein, ich werde meinen Mann auch nicht gegen den größten Schatz eintauschen. Ich bitte dich, lass mich in Frieden!« Da murmelte das Gespenst traurig: »Dann willst du mir also nicht helfen«, und es verließ die zweite Gattin, die es mit Ärger und Sorge ziehen sah. Der Ärger und die Sorge ergriffen auch Besitz von ihrem Gatten, der wurde krank und musste sich zu Bett legen.

Die Frau verbrachte die Tage in großer Angst, und sie dachte: »Das nächste Mal, wenn es wieder kommen sollte, will ich aufmerksam zuhören, was es eigentlich ist, das das Gespenst mir anbieten will.« Und schneller als ihr lieb war, erschien der Geist der toten Frau abermals bei ihr, und diesmal hatte er das Hohlmaß bei sich. Da sprach die zweite Gattin: »Es ist gut, tauschen wir das Ding, das du da hast, gegen meinen Mann. Nun sage mir zuerst ganz genau, was ist es eigentlich für ein Schatz?« Das Gespenst war zuerst erstaunt, dann begann es erfreut zu erklären: »Sieh her, aus der Ecke hier kommt Geld, aus dieser Ecke jedoch kann man sich Leckerbissen wünschen, und aus der dritten Ecke erhältst du jede Art von Kleidung, die du dir vorstellen kannst.« Der Geist hatte die Vorteile von drei Ecken des Hohlmaßes erklärt, über den Wert der vierten Ecke jedoch schien er nicht reden zu wollen, und er verstummte. Da sprach die neue Frau: »Nun sag mir noch, was die vierte Ecke hergibt, dann kann ich dir meinen Gatten überlassen.« – »Wirst du ihn mir wirklich abtreten, wenn ich dir offenbare, was es mit dieser Ecke auf sich hat?« – »Ja, ja, es ist mir recht. Nun sag schon, was aus der vierten Ecke herauskommt!« Da antwortete das Gespenst voll Hoffnung: »Diese Ecke ist ganz besonders. Immer wenn man ein Gespenst oder ein Ungeheuer, jedes schlechte Ding, damit schlägt, verwandelt sich dieses in Staub, der fliegt auf und verschwindet dann gänzlich.« Die zweite Frau rief aus: »So eine Kraft hat das Hohlmaß also, gut, dann tauschen wir!« Mit diesen Worten riss sie dem Geist das Hohlmaß aus den bleichen Händen und schlug mit der vierten Ecke auf ihn ein. Die unheimliche Erscheinung zerfiel sogleich in Staub, dieser erhob sich in die Luft und war in kurzer Zeit vollständig verschwunden.

Ja, und seit diesem Geschehnis haben schon die Alten gesagt, dass es nicht erlaubt ist, einen Menschen mit der Ecke eines Hohlmaßes zu schlagen.

Anmerkung:
Hohlmaß: Im Japanischen *masu*. Ein viereckiges Maß zum Messen von zum Beispiel Reis oder Sake. Die Einheit ist in *gô* oder *shô*. 1 *gô* = 0,18 l, 1 *Shô* =1,8 l.

Die zurückgeholte Seele

(torimodoshita mabui)

Vor vielen Jahren lebte einmal ein Ehepaar, das war sich sehr in Liebe zugetan. Die Frau arbeitete jeden Tag fleißig, und abends saß sie bis spät noch an ihrem Webstuhl. Dies bereitete dem Mann Kummer und Sorge, er hatte nämlich gehört, dass manchmal Verstorbene aus der anderen Welt kämen und die Seele eines solchen Menschen, der bis tief in die Nacht webte, mitnehmen würden. Er sagte deshalb zu der Gattin: »Liebes Frauchen, wer spät am Abend noch webt, soll in besonderer Gefahr schweben. Man sagt, Verstorbene kommen und holen die Seele der Weberin, so habe ich es wenigstens gehört. Ich bitte dich, mit dieser Arbeit nachts aufzuhören. Wenn du aber meinst, trotzdem am Webstuhl sitzen zu müssen, dann solltest du ein kleines Messer im Munde halten. Damit ist deine Seele geschützt.«

Eines Tages hatte der Mann im benachbarten Dorf zu tun. Vom Morgen an war Regen gefallen, und als er sich am Abend auf dem Heimweg befand, ging ein Wolkenbruch nieder. Er erreichte den Bach an der Dorfgrenze, und durch das schlechte Wetter war dieser zu einem reißenden Fluss geworden. Der Mann sah, dass er diese Flut nicht überqueren konnte, er hockte sich am Ufer nieder und wartete darauf, bis das Wasser fallen würde. Es wurde später und später, und endlich, es musste bereits um Mitternacht sein, floss der Bach niedriger und ruhiger, und der Mann trat hinein, um ihn zu durchqueren. Da bemerkte er plötzlich, dass er nicht mehr allein war: Zwei mürrisch aussehende

Männer, die miteinander kein einziges Wort redeten, waren erschienen, und auch sie machten Anstalten, den Bach zu durchschreiten. Dem Mann fiel auf, dass sie durch das Wasser gingen und dabei auch nicht der geringste Ton zu vernehmen war. Er schaute die beiden genauer an, und trotz der Dunkelheit wurde er gewahr, dass die Kleider, die sie trugen, keine gewöhnlichen Gewänder waren, sondern die besonderen Hüllen, die man den Verstorbenen anlegt. Und um die Männer herum flimmerten viele kleine blaue Lichterchen!

»Das sind keine Menschen, was das wohl für Wesen sein mögen?« Der Mann betrachtete die beiden, es wurde ihm immer unheimlicher zu Mute, er wollte weg von ihnen, und deswegen schritt er eiliger durch das Wasser. Der Bach plätscherte laut um seine Beine, da kamen die zwei Unbekannten ganz nahe zu ihm, lautlos näherten sie sich, und einer fragte mit einer Stimme, wie sie der Mann noch nie vernommen hatte: »Wenn du im Bach gehst, hört man deine Schritte durch das Wasser. Bist du vielleicht ein Mensch?« Diese Stimme hallte dumpf, sie schien aus der Unterwelt zu kommen, der Gefragte geriet in Furcht, und ihm schoss durch den Kopf: »Wenn ich zugebe, dass ich ein lebendiger Mensch bin, bringen die Kerle mich vielleicht um.« Und er antwortete: »Ich war ein Mensch, aber ich bin gerade vor wenigen Tagen gestorben.« – »Lass uns deinen Kopf berühren.« Der Mann trug einen Hut aus Kubablättern, und er streckte dem Unheimlichen das so bedeckte Haupt hin. Der griff an die glatte, harte Kopfbedeckung und knarrte: »Das ist tatsächlich der Kopf eines Verstorbenen. Nun weise uns auch noch dein Bein!« Da streckte der verängstigte Mensch geistesgegenwärtig seinen Wanderstab in die Richtung der schaurigen Wesen, beide befühlten den harten Stock, dann meinten sie: »Auch das Bein ist das eines Verstorbenen«. Ihre Stimmen hallten gespenstig durch die Nacht.

Die beiden Wesen waren jetzt davon überzeugt, dass der Mann einer der Ihren war, und sie begannen, sich ohne Rückhalt miteinander über ihr eigenes Vorhaben zu beraten. Sie wollten die Seele eines Menschen holen! Und wie sie so redeten, wurde dem Mann zu seinem Entsetzen klar, dass sie es auf die Seele seiner eigenen Frau abgesehen hatten. »Ich muss meiner Liebsten helfen!« Der Gatte überlegte fieberhaft, dann wendete er sich an seine Weggenossen: »Erlaubt mir, euch bei eurer Arbeit zu helfen.« Die Männer aus der Unterwelt nickten kurz, und der Ehemann lief voll Sorge hinter ihnen her.

Bald erreichten sie das Wohnhaus des Ehepaares, und ehe der Mann sich versah, drang eines der Wesen von oben her ins Innere, das andere jedoch von unten. Dort fingen sie die Seele der Frau ein und verschlossen sie in einem Brokatbeutelchen. Dann kamen sie wieder hinaus in die Nacht. Der Gatte hatte sich inzwischen etwas einfallen lassen, und er sprach zu den beiden aus der Unterwelt: »Hört mal, ich weiß, dass im Nachbarhaus hier eine noch schönere Frau lebt. Geht doch und holt auch ihre Seele. Ich werde in der Zwischenzeit die Seele, die ihr eben eingefangen habt, aufbewahren.«

Die anderen nickten, sie reichten dem Ehemann das Brokatbeutelchen, und anschließend verschwanden sie schnell in dem bezeichneten Haus. Der Mann stürzte hin zu seinem Abstellschuppen, riss einen zweiten Hut aus Kubablättern hervor und kletterte hastig auf sein Hausdach. Dort wartete er auf die zwei Eindringlinge in das Nachbarhaus. Die zeigten sich schon nach einer kurzen Weile, und sie waren sehr zornig. Dumpf hallte es durch die Nacht: »In diesem Haus gibt es keine Frau. Der Bursche hat uns angelogen!« Der Ehemann, der oben auf dem Dache saß, schlug mit dem Hut aus Kubablättern wild durch die Luft, es klang wie Flügelschlagen, und dazu krähte er mit lauter Stimme: »Kikeriki, Kikeriki!« Die beiden unheimlichen Wesen erschraken fürchterlich, und eines stotterte: »Was, es wird schon Tag?« Und sie verschwanden, so wie Rauch verweht.

Der Mann eilte in sein Haus hinein. Die Gattin lag leblos neben ihrem Webstuhl, kein Atem hob und senkte ihre Brust. Der Mann hielt das Brokatbeutelchen mit der Seele an ihre Nase, er band es auf und fächelte mit einem Fächer, da schlüpfte die Seele durch die Nasenlöcher zurück in ihren Körper, die Frau bewegte sich, stöhnte auf, dann öffnete sie ihre Augen. Sie war ins Leben zurückgekehrt! Mann und Frau fielen sich in die Arme, sie waren sehr glücklich, und die Götter schenkten ihnen noch ein langes, zufriedenes Leben.

Quelle: Endô: *Okinawa no minwa*, Ginowan 1998

Anmerkung:
Seele: Hier *mabui*. Im Japanischen *tamashii*. Der Ausdruck *mabui* wird in Okinawa verwendet. Das Schriftzeichen ist gleich.
Kubablätter: *Kuba* = *birô* (Livistona chinensis var. subglobosa), eine Palmenart.

In Okinawa kennt man Märchen, die davon berichten, dass Verstorbene oder auch Götter erscheinen, um die Seele eines Menschen zu holen. Ein anderer Mensch bringt sie dann wieder zurück.

Die Frau auf dem Bild

(esugata nyôbô)

Irgendwann einmal lebte ein schon betagter Mann, der wollte nicht wie normale Landeskinder im Dorf wohnen, denn dort gibt es ja, wie jeder weiß, Steuern zu bezahlen, man muss dabei nur an die Getreidesteuer denken, und deshalb hauste er ganz allein und versteckt in den allerhintersten Bergen. Und wie er dort so mutterseelenallein seinen Haushalt führte, erhielt er eines Abends Besuch, ein junges, schönes Mädchen nämlich. Und die bat den Alten: »Großväterchen, gib mir Obdach für eine Nacht. Der so Gebetene wehrte ab: »Mein liebes Kind, bei mir ist die reinste Wildnis, es gibt überhaupt nichts, hier ist kein Platz für eine Hübsche wie dich zum Übernachten!« Darauf antwortete das Mädchen: »Bitte, lass mich bleiben, mir ist jede Ecke recht, auch unterm Vordach deiner Hütte will ich zufrieden sein.« Da hatte der Mann nun nichts mehr dagegen zu sagen, und er ließ sie bei sich bleiben. Ja, und was zuerst eine Nacht geheißen hatte, daraus wurden zwei Nächte, und auch nach der dritten Nacht machte die Schöne keinerlei Anstalten, wieder aufzubrechen. Im Gegenteil, sie meinte: »Ab heute will ich mich um den Haushalt und die Kocherei kümmern.« Die Tage vergingen weiter, der Alte lebte nahe bei der schönen Jungen, und es kam, wie es kommen musste, er bekam Verlangen nach ihr, denn schließlich war er doch ein Mann. Nach fünf oder sechs Tagen war es dann soweit, er machte dem Mädchen den Hof, und aus den beiden wurde ein Paar. Sie versprachen sich: »Wir wollen unser ganzes Leben zusammenbleiben.« Es dauerte nur kurze Zeit, und der Alte hatte sein Frauchen so lieb gewonnen, dass er es immer betrachten musste, er wollte keinen Streich mehr arbeiten. Nach einer gewissen Weile litt der Haushalt darunter, und die Frau sagte: »Mein Guter, bisher hast du allein für dich gelebt und alles hat gereicht, jetzt aber sind wir zwei, auch ich will essen, und du musst dich um die Lebensmittel, die wir brauchen, kümmern.« Der Mann meinte verlegen: »Ich will ja gerne ein Feld anlegen und bepflanzen, aber ich besitze überhaupt keine Arbeitsgeräte dafür.« – »Bring mir ein Baumstämmchen von der und der Länge.« Der Mann machte sich also auf, schnitt ein Bäumchen ab und brachte es heim. Die Frau war geschickt, sie fertigte daraus eine Hacke, und am Griff, dort wo man die Hacke anfassen muss, dort arbeitete sie das Abbild einer *hô*, nämlich des wichtigen geheimen Teils, das jede Frau hat, ein. Es gelang ihr ganz vortrefflich, sie gab dem Mann die fertige Hacke und sagte dazu: »So, mein Lieber, an dieser Hacke ist jetzt ein Teil, der sieht aus wie der meine, nimm das Werkzeug, geh und fange an, ein Feld vorzubereiten. Wenn du von der Arbeit müde geworden bist, dann betrachte das Ding, das dich an mich erinnert, du wirst sehen, du kriegst wieder Kraft, und mit der Weiterarbeit wird es ganz flott gehen.«

Da machte sich der Mann auf und begann, ein Feld anzulegen. Es war harte Arbeit in den Bergen, und wenn er müde und matt geworden war, betrachtete er das gewisse Bild am Griff seiner Hacke, er dachte mit Inbrunst an sein Glück daheim, und die Arbeit ging darauf ganz frisch voran. Auf dem Feld pflanzte er Hirse, manchmal ging das Paar zusammen auf den Acker und schaffte dort, manchmal aber war er allein. Und wenn er so das Unkraut zwischen den Hirsepflanzen herausrupfte, musste er in der Einsamkeit immer nur an das hübsche Gesicht seiner Liebsten denken, und die Arbeit wollte nicht recht vorwärtsgehen. Er seufzte und starrte in die Luft, und das stundenlang. Die Frau machte sich Gedanken, es war ja nicht gut, wenn die wichtige Feldarbeit gar nicht richtig weitergehen sollte, und sie trug ihrem Mann auf: »Besorge mir ein kleines Holzbrettchen.« Er tat wie er gebeten worden war, er fand ein passendes dünnes Stückchen Holz, und das lieferte er daheim ab. Die Frau nahm es und malte darauf ein Bild ihres eigenen Antlitzes, ganz wunderbar machte sie das, sie gab das Bildchen ihrem Mann und sagte liebevoll: »Mein Bester, nimm dies Abbild von mir mit wenn du aufs Feld gehst, lege es so, dass du es immer betrachten kannst, ich bin dann bei dir, und es wird mit deiner Arbeit ganz wunderbar und leicht gehen.«

Der Alte ging also auf sein Feld, betrachtete ab und zu das Bildnis seiner Herzallerliebsten, und die Arbeit machte ihm wirklich Freude. Nun geschah es aber eines Tages, dass ein Wirbelwind über ihn hinwegfegte, und dieser Sturm riss das Holzplättchen mit dem so wichtigen Bild mit sich fort. Es wirbelte weit, weit weg, und als die Luft endlich wieder ruhig geworden war, sank das Holz im Garten eines großen Schlosses auf die Erde zurück. Der König, der in dem Palast wohnte, fand es, sah das Bildnis und dachte: »Ist es denn möglich, dass es auf unserer Insel eine so schöne Frau geben kann?« Er rief ein paar seiner Dienstleute und befahl: »Geht und sucht! Und wenn ihr eine Frau wie diese hier auf dem Bildchen finden solltet, dann bringt ihr sie sogleich her zu mir!«

Die Rittersleute machten sich sogleich auf die Suche, sie forschten in jedem Dorf, aber es war ihnen kein Erfolg beschieden. Der ungeduldige König begab sich in die Berge und suchte selber dort, ja, und da fand er in dem Hüttchen die wunderschöne Frau, die auf dem Bild war. Er sagte zu der so arg Gesuchten: »Meine Schöne, wie ist es denn möglich, dass eine so wunderbare Frau wie du mit einem alten Kerl zufrieden ist und ihre Tage mit ihm in der Einsamkeit verbringt? Du kommst zu mir und wirst meine Königin!« Die so Angeredete antwortete fest: »Mein Mann ist mir herzlich lieb und gut genug, wir wollen uns nie trennen!« Der König dachte bei sich: »Das sagt sie so, weil der Alte noch lebt«, und er befahl zweien seiner Dienstmänner: »Blast dem Großvater das Lebenslicht aus, bringt ihn zum Fluss Amagawa und werft ihn dort hinein!«

Die beiden Krieger gehorchten, sie zerrten den alten Mann ins Freie, sie brachten ihn um, schleiften den Toten zum Amagawa und gaben seine Leiche den Wassern preis. Nach dieser Untat sagte der König zu der Frau des Gemordeten: »So meine Liebe, dein Alter lebt nicht mehr, der liegt im Amagawa, nun hast du keine Ausrede mehr und kannst meine Frau werden.« Das arme Weib vermochte auf den Befehl des Mächtigen nur zu antworten: »Zuerst muss ich die vorgeschriebenen 49 Tage um meinen Mann Trauer tragen und ihm auch die Weihrauchopfer zuteil werden lassen, darum, o König, gib mir Zeit und warte bis zum fünfzigsten Tag, dann kann ich zu dir kommen und deine Frau werden.« Der König wars zufrieden, er freute sich, dass alles nach seinem Wunsche ging, und er sagte: »Gut, das ist mir recht so, wir werden also heute in fünfzig Tagen unsere Hochzeit feiern.« Damit begab er sich heim in sein Schloss.

Die fünfzig Tage vergingen, die Hochzeitsfeierlichkeiten waren vorbereitet, und der böse Räuber ging, um seine Braut abzuholen. Und er musste sehen, dass diese verschwunden war. Er befahl den Dienstmännern: »Sie wird sich wahrscheinlich in den Bergen versteckt haben, auf und sucht sie!« Aber sie konnten die Frau nicht finden. Der König überlegte sich: »Der Alte liegt im Amagawa, vielleicht ist das Frauchen an diesen Fluss gegangen.« Er ließ sich also zum Amagawa bringen, und wie er es sich gedacht hatte, so war es auch: Die trauernde Frau saß am Flussufer und starrte trostlos in sein dunkles Wasser. Sie sah den Mann kommen, der ihr Leben zerstört hatte, und ohne Zögern warf sie sich hinunter in den Fluss. Der König schrie zornig auf: »Was ist das doch für ein eigensinniges Weib!« Und wie er noch herumwütete, da zeigten sich auf dem Fluss Amagawa zwei Mandarinenten*, eine weiß und eine rot, die flogen auf, gerade auf den König zu. Der freute sich zuerst an den wunderschönen Vögeln, aber er freute sich zu früh: Die beiden Enten stürzten sich auf ihn, und jede pickte ihm ein Auge aus! Dann flogen sie fort, irgendwohin. Die zwei Dienstmänner, die den alten Ehemann umgebracht hatten, sahen das, sie fürchteten sich vor der Rache der auseinandergerissenen Eheleute, sie bekamen Angst um ihre eigenen Augen, und deshalb suchten sie, so schnell sie konnten, das Weite.

Der alte Mann und seine wunderschöne Frau waren zu einem Mandarinentenpärchen geworden und blieben sich immer treu. So eine Geschichte erzählt man, und es heißt, jemand habe darüber ein Lied* geschrieben. Es berichtet davon, wie zwei Glückliche am Amagawa sitzen und sich an ihr Treuegelöbnis erinnern.

Anmerkung:
hô, auch als *hoto* auf manchen Inseln bezeichnet. Es handelt sich um das weibliche Geschlechtsteil.
Amagawa: Ein Fluss bei der Ortschaft Yomitan auf der Hauptinsel Okinawa
Mandarinente oshidori (Aix galericulata) Ein Mandarinenenpaar, so wird berichtet, ist untrennbar, wird der eine Part-

ner getötet, dann bleibt der andere allein und geht allmählich an Trauer zugrunde. Bei einem glücklichen Menschenehepaar sagt man oft: ›Die beiden sind wie Mandarinenten.‹ Das Bild dieser Vögel gilt als glücksverheißendes Symbol auf Hochzeitsfeiern.
Lied: Es handelt sich hier um das sogenannte *Amagawa-bushi,* eine in Okinawa bekannte Weise.

Erzählt in Taketomi-chô, Obama-jima,
von Ôku Shintoku (geboren am 18. Okt. 1894)
Aufgezeichnet am 4. August 1975

Die Rochenfrau

(ei-nyôbô)

Der alte Katsuren Fumio hat einmal erzählt: Das hier ist eine Geschichte von unserer Insel Hateruma. In der Zeit, in der ich sie gehört habe, damals war ich noch ein junger Kerl, da haben sich die Bewohner dort alle selber versorgt, gekauft hat keiner was. Na ja, es gab zu jenen Zeiten auch überhaupt keine Geschäfte, wir waren zwar arm gewesen, aber wirklich unabhängige Leute.

Ein gewisser Bauer also arbeitete tagsüber auf seinem Feld, wurde erzählt, und abends, wenn es dunkel geworden war, fuhr er mit seinem Boot hinaus aufs Meer zum Fischefangen. So hielt er es fast an jedem Tag, er hatte Freude an seiner Arbeit und auch ein gutes Auskommen damit. Er konnte Frau und Kinder ordentlich ernähren.

Eines Abends nun war er wieder mit seinem Boot ausgefahren, eine herrliche mondhelle Nacht umgab ihn, die See war wunderschön, aber trotz all seiner Mühe und Anstrengung wollte ihm kein einziger Fisch an die Angel geraten. Lange wartete er, und er dachte schon auf die Heimfahrt, da biss endlich ein Rochen an, er zog ihn hoch ins Boot und legte ihn rücklings hin, nicht bäuchlings, diesen Rochen. Na, da lag er denn also auf seinem Buckel, der Kerl, er guckte den Fischer an, guckte ihn ganz genau an, und stellt euch vor, allmählich fingen seine Augen zu glitzern an, es war, als ob er sich an dem Menschenmann zu freuen schien, und noch ärger, es sah wirklich so aus, als ob er, der Fisch, der Rochen nämlich, ein bestimmtes Verlangen nach dem Fischer verspüre, großes Verlangen sogar!

Nun hat der Rochen, das wissen die Inselbewohner sehr wohl, ein gewisses Teil, das aussieht wie das bei einer Menschenfrau, fast genau so sieht es aus, und deshalb nennt man bei uns den Fisch *ei* auch *Oiran-uo*, also den Kurtisanenfisch. Der Blick des Fischers wurde auf dieses wichtige Körperteil hingezogen, mehr und mehr, er kriegte Verlangen danach, sein eigenes Prachtstück begann zu wachsen, es wurde größer und größer, bis es richtig stand. Und dann passierte es, er verlor jede Beherrschung, er war allein draußen auf dem Meer, niemand konnte sehen, was er nun tat, und er begattete den Rochen, den er gefangen hatte! Aus Fisch und Mensch wurde für kurze Zeit ein Paar.

Allmählich fand der Fischer wieder in die Wirklichkeit zurück, und jetzt wurde ihm deutlich, was vorgefallen war. Diesen Rochen konnte er nicht heimbringen und aufessen. Er murmelte vor sich hin: »Aus dem Fisch kann ich doch keine Mahlzeit machen, ich habe ja Hochzeit mit ihm gehalten. Nein, das geht nicht, ich lass ihn ins Wasser zurück, das ist besser so.« Er zog ihm also den Angelhaken vorsichtig aus dem Rachen und warf dann den großen Kerl ins Meer zurück. Danach machte er sich auf die Fahrt Richtung Insel. So soll es gewesen sein.

Ein paar Jahre vergingen, eines Tages erinnerte sich der Mann an den bewussten Platz im Meer, und dass es dort meist leicht viele Fische zu fangen gab. Er ruderte also hin, ließ seinen Anker in die Tiefe gleiten und machte sich an seinem Angelzeug zu schaffen. Wie er so beim Herumhantieren war, hörte er plötzlich feine Stimmchen rufen: »Väterchen, he Väterchen!« Er fuhr herum: »Wer ruft denn hier auf dem weiten Meer mit Menschenstimme? Es ist doch niemand in der Nähe! Und soll das etwa ich sein, das Väterchen?« Er grübelte über diesem Rätsel, die Sonne brannte auf ihn herunter, fast wollte ihm der Kopf davon wehtun, und da rief es wiederum: »Väterchen, Väterchen!« Er guckte sich suchend um, und mit einem Male wurde er gewahr, dass um sein Boot herum viele kleine Rochenkinder im Wasser spielten. Es waren so viele, dass sie nicht einmal zu zählen waren. Die Fischkinder streckten die Mäulchen aus dem Wasser hervor und erzählten: »Unsere Mutter will dich einladen in unser Reich, wir sollen dich zu uns holen. Noch mehr Rochenkinder schwammen um das Boot herum, und alle sagten immer wieder mit ihren zarten Stimmchen: »Mütterchen wartet auf dich daheim!« Der Mann fragte ziemlich verlegen: »Und wie soll ich denn zu euch kommen können?« – »Mach dir keine Gedanken, Väterchen, du brauchst uns nur zu folgen, wir zeigen dir den Weg.«

Die kleinen Rochen wiesen also die Richtung, sie leiteten den Fischer weg von seiner Insel, es ging zu einem entfernten Ort im Meer, und dort, irgendwo, erreichten sie einen großen Palast, das muss das Meeresdrachenschloss gewesen sein. Man führte den Mann hinein, und drinnen wurde ihm der allerbeste Empfang bereitet. Er wurde bewirtet wie ein König, die allerleckersten Speisen setzte man ihm vor, der beste *Sake* stand bereit für ihn, und als er sich sattgegessen und sattgetrunken hatte, führte ihn die Prinzessin, die Herrin des Schlosses, durch die herrlichen Säle und zeigte ihm allerlei wunderbare und seltene Schätze. Die Prinzessin, das war der Rochen, mit dem er einst vor Jahren Hochzeit gehalten hatte!

Der Mann verbrachte Tage in einem Traumland, er füllte sich wie nie zuvor den Bauch mit guten Dingen, er schlief in einem weichen Bett, er schaffte keinen Streich, die Rochenfrau las ihm jeden Wunsch von den Augen ab, und er besah sich immer wieder all die Schätze im Palast. Allmählich aber wurde ihm das Wohlleben doch zu eintönig, und er fing an, an seine Frau zu denken, die auf der Heimatinsel zurückgeblieben war. Eines Tages dann war es soweit, er sagte zur Herrin des Schlosses, der Mutter seiner zahllosen Rochenkinder: »Prinzessin, meine Frau daheim wird sich arg Sorgen um mich machen, ich glaube, es ist nun Zeit, in die Welt der Menschen zurückzukehren. Lass mich heim.« Die Rochenfrau hätte ihn gerne weiter bei sich behalten, aber sie sah sehr richtig, wie der Fischer an Heimweh litt. Sie gab ihn deshalb frei, und sie hatte auch ein wunderbares Geschenk für ihn: Aus all ihren Schätzen suchte sie einen besonderen Topf heraus. Den gab sie dem Mann und sagte: »Nimm dieses Gefäß und gehe zurück zu deinen Leuten. Es wird dein Leben bereichern und dich immer an uns erinnern.« Der so Beschenkte betrachtete das Behältnis und fragte: »Was ist denn das für ein Ding?« – »Ja, mein Lieber, das ist ein ganz seltener Topf, er wird dir jeden Wunsch erfüllen. Du brauchst ihm nur einfach zu sagen, was du gerne haben willst, die allerfeinsten Leckerbissen oder den schönsten *Sake*, alles wird im Nu vor dir stehen.« – »Da will ich mich aber schön bedanken«, mit diesen Worten nahm der Mann das Wunderding an sich, und danach zeigte man ihm den Heimweg zu seiner Insel.

Die Ehefrau daheim war herzlich froh, ihren verlorengeglaubten Mann, um den sie sich manchen langen Tag gegrämt hatte, wiederzuhaben, und in ihrer großen Freude kochte sie ihm die besten Speisen, die sie sich ausdenken konnte. Diese füllte sie liebevoll in eine schöne Holzschachtel und gab sie ihm, wenn er aufs Feld zu seiner Arbeit ging, mit als Mittagszehrung. Der Mann aber besaß nun den wunderbaren Topf, der ihm die unvergleichlichsten Speisen vorsetzte, und er dachte bei sich: »Wenn ich meiner Alten das Gerät hier zeige und sie merkt, dass da viel feinere

Speisen herauskommen als sie je kochen kann, da gibt es mit Sicherheit einen gewaltigen Krach. Ich werde ihr also nichts davon erzählen und die Sache mit dem wunderbaren Topf geheim halten.«

Er nahm ihn heimlich mit sich hinaus aufs Feld, und immer zur Mittagszeit, wenn er Hunger verspürte, holte er das Geschenk der Rochenfrau hervor und bestellte sich Mahlzeiten, wie sie eigentlich nur die Großen und Reichen kennen. Auch Reisschnaps war immer dabei, er verzehrte alles mit Genuss, und die Holzschachtel, die ihm seine Frau mitgegeben hatte, in die schaute er nicht einmal hinein. Sein armes Weib musste jeden Abend erleben, dass ihre Müh um das leibliche Wohl des Eheherrn vergeblich gewesen war. Wenn sie das Kästchen nämlich öffnete, waren alle Speisen darin unberührt. Das tat der Frau herzlich weh, und nach ein paar Tagen dachte sie bei sich: »Mein Mann muss doch irgendwas zu sich nehmen, er sieht nie hungrig aus. Was er wohl essen mag, wenn er das, was ich mit Liebe und Mühe zubereite, so unbeachtet liegen lässt. Ich denke, zur Mittagszeit gehe ich einmal heimlich hinaus aufs Feld und schaue nach. Ja, das werde ich tun. Das Ganze ist doch zu sonderbar.«

Am nächsten Tag also schlich die Frau gegen Mittag verstohlen hinaus zum Feld, und sie musste sehen, wie ihr Mann den Proviant, den sie ihm zugerichtet hatte, achtlos auf die Seite stellte und wie vor ihm Schlag auf Schlag die allerfeinsten Leckerbissen, so wie man sie auf unserer Insel gar nicht kennt, erschienen. Davon aß er mit Genuss, und Reisschnaps trank er auch noch dazu! Die Arme fuhr giftig auf ihren Mann los, und es kam zu einem Riesenkrach. Sie sah in ihrem Zorn nur die Leckereien, und auf den Topf, der doch alles hergab, achtete sie nicht. Als das Gewitter sich etwas gelegt hatte und die Frau brummend heimging, da versteckte der erwischte Mann seinen kostbaren Topf im Abflussloch des Reisfeldes. Dort glaubte er ihn am sichersten aufgehoben.

Und wie ging die Geschichte wohl weiter? Lange Zeit traute sich der Mann, der mit einem Rochen Hochzeit gefeiert hatte, nicht mehr, seinen Wundertopf vom Meeresdrachenpalast hervorzuholen, und er aß brav das, was ihm seine Menschenfrau aufs Feld mitgab. Eines Tages aber überwältigte ihn die Erinnerung an die feinen Speisen, und er ging, um sein Andenken an den Rochen hervorzuziehen. Er suchte und suchte, der Topf aber war verschwunden. Und er blieb verschwunden. Wohin er gekommen ist, das ist ein Rätsel, wer weiß, vielleicht ist er in das Schloss im Meer zurückgekehrt. So erzählt man die Geschichte bei uns hier.

Anmerkung:
Hateruma ist die südlichste Insel der Präfektur Okinawa, sie gehört zum Verwaltungsbezirk der Insel Taketomi.
Rochen: kamata oder *ei* im Japanischen Sein Geschlechtsteil ähnelt dem der Menschenfrau, und deshalb bezeichnen ihn die Fischer auch als *oiran-uo. Oiran* war im alten Japan die Bezeichnung für eine Frau aus der obersten Klasse der Kurtisanen. *Uo* bedeutet »Fisch«.

Das noch feuchte Fischernetz

(NURETA TÔAMI)

Schon in alter Zeit wurde behauptet, dass Frauen mehr Lebensklugheit als Männer besitzen. Darum wurden in den wirklich wichtigen Fragen immer besser die Frauen zu Rate gezogen

Vor vielen Jahren ist die folgende Geschichte passiert: Ein dummer Kerl, der selber schon lange verehelicht war, hat sich einmal nachts zu einer verheirateten Frau, deren Mann gerade nicht daheim war, geschlichen. Der Ehemann ist aber plötzlich und völlig unerwartet zurückgekommen, hat das Pärchen aufgestört und den frechen Eindringling verjagt. Dieser Sünder war sehr erschrocken und floh, so schnell ihn seine Füße tragen wollten, zu seinem eigenen Haus zurück. Dort rüttelte er eiligst seine Frau wach und jaulte sie an: »Ich weiß, ich weiß, ich bin ein schlechter Kerl, heute habe ich mir einen Seitensprung erlaubt, und die Sache ist übel ausgegangen. Der Ehemann ist nämlich unverhofft heimgekommen und hat mich beinahe erwischt. Mit Müh und Not nur habe ich mich nach Hause gerettet. Aber ich fürchte, er hat mich erkannt, und er wird bald bei uns auftauchen und Rechenschaft fordern. Was sag ich nur, was sag ich nur?« Angstvoll starrte er seine Frau an.

Und er sollte Glück haben. Eine durchschnittliche Frau würde sich furchtbar aufregen und dem Missetäter zuerst einmal ordentlich die Leviten lesen, seine eigene aber antwortete besonnen: »Unser Wasserkrug ist randvoll. Geh geschwind und stecke dein großes Fischernetz, das du immer verwendest, hinein, mache es tropfnass und hänge es dann auf die Stange draußen zum Trocknen, so, wie du es immer tust, wenn du vom Meer zurückkommst. Sieh anschließend zu, dass auch deine Strohsandalen feucht sind. Stelle sie in den Hauseingang, damit man sie gut sehen kann, dann gehe einfach und friedlich zu Bett. Ich glaube, das alles hilft uns am besten!« Der Mann tat was ihm seine Frau geraten hatte, anschließend trollte er sich auf seine Schlafmatte.

Es dauerte gar nicht lange, da erschien auch schon der Verfolger. Er sagte drohend zu der Frau, die ihm an der Haustür entgegentrat: »Dein Alter ist sicher nicht daheim!« – »Doch, doch, er ist zu Hause, vorhin ist er vom Fischen zurückgekommen und hat sich bereits zur Ruhe gelegt.« – »Das glaube ich dir nicht, der Spitzbube hat sich an meiner Frau vergriffen, und das kann ich mir nicht gefallen lassen!« Der Besucher stampfte zornig mit dem Fuß auf. Die Frau hingegen antwortete kühl: »Wieso redest du solch einen Unsinn? Du kannst selber nachprüfen, dass es sich anders verhält.« Der Mann wollte sich nicht fassen und glaubte fest, dass man ihn anlog. Die Frau aber fuhr ruhig fort: »Sieh nur, hier sind das große Wurfnetz und die Strohsandalen des Hausherrn, beide sind völlig durchnässt, also muss er sie bei seiner Arbeit benutzt haben. Komme nur und schaue dir selber alles genau an!« Der betrogene Mann betrachtete die gewiesenen Gegenstände, beide waren nass, wie sie nach dem Fischen eben zu sein pflegen. Er konnte nur verlegen stottern: »Es tut mir sehr leid, ich habe mich geirrt, es war also in der Tat ein anderer Kerl, der mir und meinem Haus Schimpf angetan hat. Bitte verzeih mir!« Damit zog er eilig ab.

Aus dieser Geschichte kann man etwas Wichtiges lernen, etwas nämlich, das die Eltern ihren Kindern beibringen: Wenn ein Mädchen heiratet und Ehefrau wird, dann ist es ihre Pflicht, ihren Mann in Schutz zu nehmen. Sie hat seine Sache und seine Stellung zu vertreten. Es ist aber auch an die Möglichkeit zu denken, dass eine Frau ihr Herz vom Gatten abwenden kann und ihn ins Verderben schickt. Darum immer Vorsicht, Vorsicht, meine Herren!!

Anmerkung:
Diese Art von Erzählung, in der es um eine treue Frau geht, die versucht, die Hausehre zu wahren, kennt man auch auf Miyako-shima und Kuro-jima.

Bei diesem Märchen ist wieder der Erzähler, Yokome Kuyama, namentlich bekannt. Und auch das Aufzeichnungsdatum wird angegeben. Solche Daten sind eine Seltenheit, aber in den Sammlungen von Prof. Endô sind diese wissenschaftlichen Hintergründe noch erhalten.
Erzählt in Ishigaki-shi, Ôhama, von Yokome Kuyama (geboren am 27. Juli 1906)
Aufgezeichnet am 2. August 1976

Quellenverzeichnis

Wie Festland und Inseln entstanden sind
(ten to chi no majiwari)
Sadoyama: »*Yogatari*«, Kataribe Shuppan, Hirara 1991

Wie oft im Jahr? *(nen ni nankai?)*
Sadoyama: »*Yogatari*«, Kataribe Shuppan, Hirara 1991

Der Felsen der ehelichen Eintracht
(fūfu o musubi iwa)
Sadoyama: »*Yogatari*«, Kataribe Shuppan, Hirara 1991

Der Mann ohne Nase und die Frau ohne Haar *(hana no nai otoko to kami no nai onna)*
Sadoyama: »*Yogatari*«, Kataribe Shuppan, Hirara 1991

Der Reisbrei *(kiin no oshie)*
Sadoyama: »*Yogatari*«, Kataribe Shuppan, Hirara 1991

Ehen werden im Himmel gemacht
(enmusubi no akai ito)
Sadoyama: »*Yogatari*«, Kataribe Shuppan, Hirara 1991

Reisevorbereitungen
(niwatori mo Hawaii e)
Sadoyama: »*Yogatari*«, Kataribe Shuppan, Hirara 1991

Wie das Stirnband in Gebrauch gekommen ist
(hitomane o suru to hitai ni tsuno ga haeru)
Sadoyama: »*Yogatari*«, Kataribe Shuppan, Hirara 1991

Die Brautnacht *(musume no shoya)*
Sadoyama: »*Yogatari*«, Kataribe Shuppan, Hirara 1991

Ein dolles Ding *(subarashii mochimono)*
Sadoyama: »*Yogatari*«, Kataribe Shuppan, Hirara 1991

Der Schildkrötenkopf *(kame no kubi)*
Sadoyama: »*Yogatari*«, Kataribe Shuppan, Hirara 1991

Wie die hoto an ihren jetzigen Platz kam
(hoto no sōzō)
Sadoyama: »*Yogatari*«, Kataribe Shuppan, Hirara 1991

Als der *marafuru* noch an der Stirn saß
(hitai ni atta marafuru)
Nanto mukashibanashi sōsho Bd.9:
»*Taketomi/Kohama no mukashibanashi*«, Dōhōsha Shuppan, Kyōto 1984

Vaters Missverständnis *(shōben no ana)*
Sadoyama: »*Yogatari*«, Kataribe Shuppan, Hirara 1991

Wie das Echo entstanden ist
(yamabiko no hajimari)
Sadoyama: »*Yogatari*«, Kataribe Shuppan, Hirara 1991

Blätter zerreißen *(ko no ha yaburi)*
Sadoyama: »*Yogatari*«, Kataribe Shuppan, Hirara 1991

Das Erinnerungsstück
Sadoyama: »*Yogatari*«, Kataribe Shuppan, Hirara 1991

Der törichte Bräutigam
(oroka na muko)
Sadoyama: »*Yogatari*«, Kataribe Shuppan, Hirara 1991

Wer hat recht? *(shibafu no ue no otoko)*
Sadoyama: »*Yogatari*«, Kataribe Shuppan, Hirara 1991

Die Geschichte der edlen Migagama
(uya-ani Migagama)
Sadoyama: »*Yogatari*«, Kataribe Shuppan, Hirara 1991

Das Geheimnis der Prinzessin
(musume no himitsu)
Sadoyama: »*Yogatari*«, Kataribe Shuppan, Hirara 1991

Wespenstiche *(ōkii na mono no aji)*
Sadoyama: »*Yogatari*«, Kataribe Shuppan, Hirara 1991

Alles muss erst gelernt werden
(yome no masakari-kizu)
Sadoyama: »*Yogatari*«, Kataribe Shuppan, Hirara 1991

Liebe über den Tod hinaus
(otoko no tamashii o totta onna no yūrei)
Miyako minwa no kai: »*Yugatai Bd. 4*«, Hirara 1984

Ein Krug mit Gold
(ogon no kame)
Miyako minwa no kai: »*Yugatai Bd. 4*«,
Hirara 1984

Der Schaum sei mein Zeuge
(abuku no adauchi)
Miyako minwa no kai: »*Yugatai Bd. 4*«,
Hirara 1984

Die Geliebte und die rechte Frau
(kashigi no kimono)
Miyako minwa no kai: »*Yugatai Bd. 4 Teil 3, Ikema-jima*«, Hirara 1984

Ein Blick, tausend ryô *(hitome, senryô)*
Nantô mukashibanashi sôsho Bd. 7
»*Gusukube-chô no mukashibanashi Bd. 1*«,
Dôhôsha Shuppan, Kyôto 1991

Wie ein *aji* seine Frau aus dem Totenreich zurückholte
(ikikaetta yome-san)
Miyako minwa no kai: »*Yugatai Bd. 5*«,
Hirara 1989

Von den Göttern beschützt
(unarikami to nansen)
Miyako minwa no kai: »*Yugatai Bd. 5*«,
Hirara 1989

Schicksal *(fûfu no innen)*
Nanto mukashibanashi sôsho Bd.9
»*Taketomi/Kohama no mukashibanashi*«,
Dôhôsha Shuppan, Kyôto 1984

Haare zählen *(ke no kazu)*
Nanto mukashibanashi sôsho Bd.9
»*Taketomi/Kohama no mukashibanashi*«,
Dôhôsha Shuppan, Kyôto 1984

Schicksal eines Jägersmannes
(kariudo no un)
Nantô mukashibanashi sôsho Bd. 8
»*Gusukube-chô no mukashibanashi Bd. 2*«,
Dôhôsha Shuppan, Kyôto 1991

Ein totes Mädchen nimmt sich einen Mann *(shinda onna no mukotori)*
Nantô mukashibanashi sôsho Bd. 8
»*Gusukube-chô no mukashibanashi Bd. 2*«,
Dôhôsha Shuppan, Kyôto 1991

Die Insel Kôri-jima *(Kôri-jima)*
Nantô mukashibanashi sôsho Bd. 4
Okinawa Honto: »*Kunigami-son no mukashibanashi*«, Dôhôsha Shuppan,
Kyôto 1990

Die auferstandene Braut *(shinda musume)*
Nantô mukashibanashi sôsho Bd. 4
Okinawa Honto: »*Kunigami-son no mukashibanashi*«, Dôhôsha Shuppan,
Kyôto 1990

Bräutigamswahl *(muko erabi)*
Nantô mukashibanashi sôsho Bd. 4
Okinawa Honto: »*Kunigami-son no mukashibanashi*«, Dôhôsha Shuppan,
Kyôto 1990

Die dankbaren Moskitos *(ka no enjo)*
Nantô mukashibanashi sôsho Bd. 4
Okinawa Honto: »*Kunigami-son no mukashibanashi*«, Dôhôsha Shuppan,
Kyôto 1990

Mit Salz die Gunst des Kaisers gewinnen
(shio ga engi o maneku hanashi)
Nantô mukashibanashi sôsho Bd. 4
Okinawa Honto: »*Kunigami-son no mukashibanashi*«, Dôhôsha Shuppan,
Kyôto 1990

Der Köhler im Glück *(koun na sumiyaki)*
Nantô mukashibanashi sôsho Bd. 4
Okinawa Honto: »*Kunigami-son no mukashibanashi*«, Dôhôsha Shuppan,
Kyôto 1990

Das Mandarinenten-Pärchen
(oshidori-fûfu)
Takehara Sonkyô: »*baga-shima, Yaeyama no minwa*«, Ishigaki 1978

Ich liebe dich! *(koishii)*
Nakagusuku Kyôiku Iinkai: »*Nakagusuku no minwa*«, Nakagusuku 1999

Der böse, alte Wolf
(damasareta musume-san)
Sadoyama: »*Yogatari*«, Kataribe Shuppan,
Hirara 1991

Die Jungfrauenquelle
(nzomiji no musume)
»*Okinawa no densetsu*«, Nihon Hyôjun Shuppan, Tôkyô 1981

Die Liebe von Utodaru und Ufuyaku
(Sunan Utodaru to Yunubi Ufuyaku)
»*Okinawa no densetsu*«, Nihon Hyôjun Shuppan, Tôkyô 1981

Das Bild, das sich veränderte *(kawatta e)*
»*Okinawa no enshôtan Bd. 1*«, Naha Shuppansha, Haebaru 1982

Was, die haben das gewusst? *(shitte otta ka)*
»*Okinawa no enshôtan Bd. 1*«, Naha Shuppansha, Haebaru 1982

Keine Angst mehr vor Gespenstern *(yûrei nanka kowaku nai)*
»*Okinawa no enshôtan Bd. 1*«, Naha Shuppansha, Haebaru 1982

Der Edelmann Marapainu und sein Problem *(aji Marapainu)*
Sadoyama: »*Yogatari*«, Kataribe Shuppan, Hirara 1991
Als Übersetzung im November 2000 in den *Notizen* bei der OAG erschienen.

Der Hundebräutigam *(inu muko iri)*
Miyako minwa no kai: »*Yugatai Bd. 5*«, Hirara 1989

Prüfungsaufgaben für Eheanwärter *(kekkon no nandai)*
Endô: »*Okinawa no minwa*«, Ginowan 1998

Das Kalb als Braut *(ushi no yome iri)*
Endô »*Okinawa no minwa*«, Ginowan 1998

Das Gespenst und das Hohlmaß *(yurei to masu)*
Endô: »*Okinawa no minwa*«, Ginowan 1998

Die zurückgeholte Seele *(torimodoshita mabui)*
Endô: »*Okinawa no minwa*«, Ginowan 1998

Die Frau auf dem Bild *(esugata nyôbô)*
Endô: »*Sakishima Sammlung*«
Erzählt in Taketomi-chô, Kohama-jima, von Ôku Shintoku (geb. am 18. Okt. 1894). Aufgezeichnet am 4. August 1975

Die Rochenfrau *(ei-nyôbô)*
Endô : »*Sakishima Sammlung*«
Erzählt auf der Insel Hateruma von Katsuren Fumio (geb. am 18. Mai 1917)

Das noch feuchte Fischernetz *(nureta tôami)*
Endô : »*Sakishima Sammlung*«
Erzählt in Ishigaki-shi, Ôhama, von Yokome Kuyama (geb. am 27. Juli 1906) Aufgezeichnet am 2. August 1976.

Quellen in alphabetischer Reihenfolge

Endô: »*Okinawa no minwa*«, Ginowan 1998
Endô: »*Sakishima Sammlung*« (bisher unveröffentlicht)
Miyako minwa no kai: »*Yugatai Bd. 2*«, Hirara 1980
Miyako minwa no kai: »*Yugatai Bd.3*«, Hirara 1981
Miyako minwa no kai: »*Yugatai Bd. 4*«, Hirara 1984
Miyako minwa no kai: »*Yugatai Bd. 5*«, Hirara 1989
Nakagusuku Kyôiku Iinkai: »*Nakagusuku no minwa*«, Nakagusuku 1999
Nantô mukashibanashi sôsho Bd. 4
Okinawa Honto: »*Kunigami-son no mukashibanashi*«, Dôhôsha Shuppan, Kyôto 1990
Nantô mukashibanashi sôsho Bd. 7
»*Gusukube-chô no mukashibanashi Bd. 1*«, Dôhôsha Shuppan, Kyôto 1991
Nantô mukashibanashi sôsho Bd. 8
»*Gusukube-chô no mukashibanashi Bd. 2*«, Dôhôsha Shuppan, Kyôto 1991
Nanto mukashibanashi sôsho Bd.9
»*Taketomi/Kohama no mukashibanashi*«, Dôhôsha Shuppan, Kyôto 1984
»*Okinawa no densetsu*«, Nihon Hyôjun Shuppan, Tôkyô 1981
»*Okinawa no enshôtan Bd. 1*«, Naha Shuppansha, Haebaru 1982
Sadoyama: *Miyako no minwa II*, Hirara 1986
Sadoyama: »*Yogatari*« , Kataribe Shuppan, Hirara 1991
Saeki: OAG Notizen, Tôkyô, November 2000
Saeki: OAG Notizen, Tôkyô September 2001
Takehara Sonkyô: »*baga-shima, Yaeyama no minwa*«, Ishigaki 1978